U0533943

잊기 좋은 이름

金爱烂
作品集

容易忘记的名字

［韩］金爱烂 著
薛舟 译

人民文学出版社

著作权合同登记号 图字 01-2020-6301

잊기 좋은 이름
© 2019 by Kim Ae-ran（金愛爛）
First published in Korea by Yolimwon Publishing Group.
This simplified Chinese edition is published by People's Literature Publishing House Co., Ltd. in 2022 by arrangement with the author through KL Management under the support of Literature Translation Institute of Korea (LTI Korea).
All rights reserved.

图书在版编目 (CIP) 数据

容易忘记的名字 /（韩）金爱烂著；薛舟译 .—北京：人民文学出版社，2022（2025.3 重印）
（金爱烂作品集）
ISBN 978-7-02-017199-6

I. ①容… Ⅱ. ①金…②薛… Ⅲ. ①散文集—韩国—现代 Ⅳ. ① I312.665

中国版本图书馆 CIP 数据核字（2022）第 085539 号

责任编辑	张海香
装帧设计	李思安
责任印制	王重艺

出版发行	人民文学出版社
社　　址	北京市朝内大街 166 号
邮政编码	100705

印　　刷	河北新华第一印刷有限责任公司
经　　销	全国新华书店等

字　　数	117 千字
开　　本	880 毫米 ×1230 毫米　1/32
印　　张	6.625　插页 9
印　　数	17001 –20000
版　　次	2022 年 10 月北京第 1 版
印　　次	2025 年 3 月第 5 次印刷

书　　号	978-7-02-017199-6
定　　价	42.00 元

如有印装质量问题，请与本社图书销售中心调换。电话：010-65233595

目录

名字就是生活（译者序） 薛舟 / 001

第一部·呼唤我的名字

养育我的百分之八十 / 003

梦寐以求的瞬间就在此时，此地 / 008

夜间飞行 / 014

盛夏之夜的收音机 / 019

和你的遭遇 / 027

悄悄话 / 033

夏日的风俗 / 035

歪歪——扭扭 / 047

飘舞的横幅 / 049

副词和问候 / 054

我的起源，他的恋爱 / 057

语言的弱点 / 062

玩牌 / 063

初冬 / 072

拥抱时分 / 074

身体和风 / 078

第二部·和你一起呼唤的名字

庆祝生日 / 083

夏日心事 / 088

冲她吹口哨 / 097

燕湖观念词典 / 106

在语言周围，寻找口才 / 115

她那蓝色的手 / 120

特别、肮脏、羞耻、美丽
——赫塔·米勒的《呼吸秋千》/ 126

忐忐忑忑《山海经》/ 130

第三部·召唤我们的名字

斑斑点点 / 135

旋律的方向
——君特·格拉斯的《铁皮鼓》和波兰北部城市格但斯克 / 140

句子影响圈 / 148

点、线、面、层 / 154

倾斜的春天，我们看到的 / 166

知道的故事，不知道的歌 / 177

光与债 / 186

容易忘记的名字

——短篇《水中的歌利亚》作家笔记 / 191

作家的话 / 197

名字就是生活（译者序）

薛舟

距离 2002 年初次登上文坛，已经过去了二十年，金爱烂终于要以小说之外的形式来与读者交流了。这是读者期待已久的事情。

当年是初露头角便震惊文坛的新人，然而金爱烂的作品却又相对平实，既不凌空蹈虚，也不故作高深，而是贴近生活，呈现真我，显露出女孩的天真调皮，又有几分少年老成。这就容易让人产生误会，究竟作品和作者有多少相关，几分来源于生活，几分来源于想象？

当她真要抛开虚构来写散文的时候，又会从何说起？看到《容易忘记的名字》，我不由得想起了金爱烂在《滔滔生活》"作家的话"里说过的话：

现在我要说的就是我希望快点儿传递出去的话。我要向那些不舍得一一叫出口的名字说"谢谢"。那些说从我这里得到安慰的读者，不知道名字的您，我要借助附在书后的这个地方说一句，我也真诚地从您那里得到了安慰。

"那些不舍得一一叫出口的名字""不知道名字的您"，原来金爱烂心中始终牵挂的、从来念念不忘的是这个世界上的名字啊。那就从名字说起。

自然而然地，金爱烂首先写到了父亲和母亲，写到了自己赖以成长的村庄、面馆，于是她满含深情地回忆了母亲经营的小小面馆——"美味堂"。这个面馆不是作家的生身之地，却是记忆开始的地方。

我依然记得在没有客人的闲暇午后，妈妈躺在大厅对面的小房间里，让我弹奏《朱鹮》或《故乡的土地》的情景。还有妈妈伴随钢琴的节奏，在空中打拍子的脚丫，以及沾了洗碗水的袜子尖。我们一家生活在传统厕所和三角钢琴并存的房子里，后来我以那段时间的生活为素材创作了《刀痕》和《滔滔生活》[①]等短篇作品。

---

① 两篇均收入短篇集《滔滔生活》。

在作家的叙述里，父亲相对弱势，母亲反而是生活的强者，或许这也是金爱烂的成名作《奔跑吧，爸爸》的创作动机？面对生活的打击，母亲没有沉沦，而是盘下一家小店，凭借双手经营起了饭馆。母亲每天都和面粉打交道，生活空间也很逼仄，却又始终怀着冲破生活的愿望。自己难以实现，便将理想交托给女儿，为此她不惜花费巨大的代价买了钢琴。

面馆和钢琴，看似不搭调的两个符号恰恰成为金爱烂小说的原初动力。

小说《刀痕》非常直接,许多细节几乎就是生活的直接描摹，让人难辨真假："妈妈卖了二十多年的面条。店铺名叫'美味堂'。妈妈从别人手里接过倒闭的西点店，直接用了原来的招牌。刀削面馆是乡下女人能够轻易开始的生意，需要的资本也很少。"

尽管披着小说的外衣，我们还是可以嗅到作家本人津津乐道的"生活的味道"：

> 妈妈煮面条，我站在旁边像小燕子似的张开嘴巴。妈妈捞出一两根刚刚煮熟的面条，徒手抓起泡菜，随便塞进我的嘴里。泡菜发出辣乎乎的汽水味。那是和泡菜一起进入我黑暗嘴巴的妈妈手指的味道吧？肌肤的味道，温热，清淡。菜

刀切开白菜时脆生生的质感和清爽的声音，我真的好喜欢，还有暗淡的厨房里，从排气扇缝隙透进来的光的骨骼，以及站在光线附近的妈妈的侧影。

通过散文中的叙述我们可以知道，小说里的妈妈泼辣而傲慢，强势又能干，和生活中的作家母亲颇为神似，借用小说里的话说就是"妈妈是一把好刀"。然而就是这把好刀，却在女儿长大成人不久就去世了，留给女儿无尽的遗憾。

处理后事的过程中，女儿不断回到从前，回忆母亲对自己的影响，却发现过往变成了无数的刀痕，深深堆积在自己的生命里："在咀嚼、吞咽、咯吱咯吱的过程中，我的肠子、我的肝，我的心脏和肾脏都在茁壮成长。我吞下妈妈的食物，也吞下留在食材上的刀痕。我黑暗的身体里刻着无数的刀痕。"

《滔滔生活》同样有着很强的自传性，几乎可以看作金爱烂离开故乡、北上首尔之初的真实写照。她和姐姐租住的房子是个简陋而狭小的半地下室，很显然，这样的地方在无声地抗拒着钢琴这样高大上的物件。倔强的母亲还是坚持把钢琴搬了进来。偏偏楼上的房东又格外严厉，听不得半个音符，战战兢兢的姐妹俩自然不敢轻易触碰这个"怪物"。

直到有一天，下起了大雨，雨水漏进房间。姐姐没有回来，独自在家的"我""呆呆地站着，脱掉袜子，挽起裤腿，把玄关门前的鞋子全部收进鞋柜,拔掉电脑和电视等家用电器的电源,在钢琴四周严严实实地围上几条干毛巾,再拿抹布擦掉地板上的水就可以了。我用抹布擦地,再把抹布拧干,再擦,这几个动作反复进行。脏水倒进马桶,用干毛巾擦掉水分"。

"我"在绝望地和雨水作战,偏偏父亲又打来电话借钱,偏偏姐姐的前男友喝得醉醺醺地找上门来,不小心碰响了琴键。刹那间,音乐触动了"我"的心弦,让我暂时放下一地鸡毛的生活,坐在钢琴前,"奋不顾身"地弹奏起来。

这一刻,微不足道的琴声就成了"我"向生活发出的反抗最强音。也正是因为有了这突如其来的音乐,生活才有了继续下去的理由。从某种意义上说,这篇小说隐藏着金爱烂全部作品的密码:生活对个体的压迫,个体的忍受和反抗。

阅读金爱烂的散文,相当于翻阅小说家的成长史。她以走过自己生命的名字为线索,对从前的艰难岁月投以深情的回望,付出深情和真诚,回忆生活对自己的深情呼唤,也呼唤走失在岁月深处的名字。

毕竟时光逝去,自己和所有的名字都只是存在于某种氛围,而不是现实,所以金爱烂的呼唤又充满了小心翼翼。有些名字是在某种氛围里呼唤,有时是自己的名字在某种氛围里被呼唤。她试图描述那样难以言传的氛围,唤醒沉睡的时光。

散文集的第二部，金爱烂写到了自己在文学意义上的成长。她写自己作为文学新人得到邀请，前往大名鼎鼎的创造与批评出版社改稿子；她写自己和家人出席颁奖典礼，领取属于自己的那份荣光。

按照出版社编辑提示的路线赶到创作与批评出版社，结果发现出版社所在的建筑是那么简陋，金爱烂忍不住想："我有生以来第一次去出版社，比我想象中简陋得多，这让我大吃一惊。"等到出版社编辑请她吃饭的时候，她显得忧心忡忡，好像给别人增加了负担。看到这里，我已经忍俊不禁，不由得想起自己最早去著名的朝内大街166号，许多文学爱好者心目中的圣地——人民文学出版社的情景。人文社也在老楼里，编辑老师也是"蜷缩"在堆满了书籍的办公桌之后，开口谈起的却是中国文坛和译界的趣闻逸事。中韩两国的文学作品有共同的情感，生产文学的场所竟然也都差不多，真是令人感慨不已。作为文学新人的金爱烂，写出了作品受到重视的感激，我想这份情感对所有的作者也都差不多吧。

看到最后那句程式化的"一起讨论"，这对作家来说是多么巨大的力量，多么值得感激，原来有人可以"一起讨论"。这篇贺词就是我的注目礼，献给五十年来和作家们畅谈的各部门的老师们。他们在或生硬或怪癖，或吹毛求疵或温和，或贫穷或孤独的作家们的文章之上行走,"这个问题我们明天也可以一起讨论"。在他们创造出来的半个百年,遥远的时间面前,我想献上我的掌声。

处女作《不敲门的家》先是在《创作与批评》季刊发表,随后获得了大山大学文学奖,为金爱烂登上文坛铺平了道路。随着接触的作家越来越多,关系越来越亲密,金爱烂的"名字世界"里便不可避免地多了身边的作家。如果对韩国文学,尤其是当代文学感兴趣,会在这部散文集里发现很多熟悉的名字:金衍洙、金重赫、片惠英、尹成姬、朴婉绪,等等。

她写金衍洙:"我们和某个人一定会相遇两次,一次是彼此年龄相同的时候,另一次是当我到达对方年龄的时候。""读一个人的文章,就是在这个人的文章中短期居住,然后再走出来。视线停留于文章的时候,这个'停留'和'短期居住'是同样的意思。因为是活着的人在活着期间读到的文章,也是因为共同度过了文章中的时间。"

她写片惠英:"她和我相差八岁。我怕算得不对,翻看了简历,的确没错。和她相识三年了,现在我仍然经常询问她的年龄。每次她都认真回答,很快又会忘记。""独自在围墙下晒着太阳,我想象着未成年人和成年人,老人和孩子一起闲聊的围墙之下的友情。如果真的可以这样,如果大家都能成为朋友,那么两者中更大、更宽广的人,其实应该是长辈一方。"

她写朴婉绪:"每当这时,我就会想起很久以前打开《相似的房间》的门,迈步进去,到达不同房间的众多韩国作家。宝贵的源头滋润着我的根本。无论世界如何变幻,重要的问题都不会改变。有些烦恼依然有效,甚至更加迫切。"

她写尹成姬:"有时我感觉小说像一座山,赫然矗立在我的面前。这种时候,前辈们就像绕山流淌的水,向我靠近。在山中和山的周围、山的外面静静流淌的溪水,告诉我'稍微休息一下也没关系'。成姬前辈的小说也在对我说,不要害怕山,那里有很多生物,有野兽,有野花,还有登山客扔掉的有趣东西,甚至还有爱说话的神灵。所以我经常站在里面,在里面润润喉咙,让自己清醒。"

金爱烂对前辈和同辈作家的阅读和描写洋溢着温情,更蕴含着文学薪火相传的秘密,让人联想到艾略特在《传统与个人才能》中说过的话:"诗人,任何艺术的艺术家,谁也不能单独地具有他完全的意义。他的重要性以及我们对他的鉴赏就是鉴赏他和以往诗人以及艺术家的关系。你不能把他单独地评价,你得把他放在前人之间来对照,来比较。我认为这是一个不仅是历史的批评原则,也是美学的批评原则。"

这提示我们,即便是金爱烂再有文学才华,再有"个人才能",她也是在韩国文学的土壤中成长起来的树苗。阅读金爱烂,就是阅读宝贵的韩国文学传统;理解金爱烂,就是理解金爱烂和当代韩国的关系。这样想的时候,我们对韩国文学的理解似乎也加深了。因为金爱烂全部的作品,深深地扎根于韩国社会,而在《倾斜的春天,我们看到的》这篇献给"'世越号'惨案"遇难者的散文中,作家讲述了一个沉痛的故事。

船上的某位女高中生为了摆脱不安,故意用明朗的嗓音问朋友:"斜率怎样计算?"

看似无心的玩笑话却在作家心里激起了巨大的波澜,"最近我常常觉得,这句话就像年轻学生最后抛给我们的问题,也是留给我们的课题。这种倾斜该怎么办呢?摧毁所有价值和信赖的悬崖,利益总是向上,危险和责任总是留给下面,这样陡峭危险的斜率应该怎样解答?"

通过自己的所见所闻,金爱烂剥茧抽丝,不断走向惨案深处,不断追问惨案发生的原因,尽到了作为作家、作为公民的责任。事实上,惨案发生以后,很多韩国作家都以各种形式进行悼念,并且向当局施加压力,要求严厉追究责任,抚慰受难者家属。金爱烂勇敢地走在前列,承担起了文学家应尽的义务。

今天,当我们讨论社会"内卷"的时候,岂不知金爱烂早已在作品中反复探讨过这个问题。租房、考试、考公务员、婚姻、生活、死亡,每个问题都沉重如山,金爱烂却凭借自己的锦绣才华加以展示，努力化解。她的小说就是她的思想。她的写作就是她的行动。许多年以后，她的作品会超越文学，成为新闻之外弥足珍贵的社会记录，供人们反思这段过往的岁月。

金爱烂在成长。从仁川到首尔，从韩国到爱尔兰、波兰、中国，金爱烂在现实里成长；从《奔跑吧，爸爸》《滔滔生活》到《你的夏天还好吗？》《外面是夏天》，再到长篇力作《我的忐忑人生》，金爱烂在文本中成长。

她记录自己在旅途中的所思所想，反思人类的悲剧和历史，便是从更远的世界里回望自己："无边的公园和无边的篝火，无边的故事，都是人类从很久以前就做的事。太阳一落，黑暗降临在窗外的网球场上。我写了一句话，然后又删掉了。望着窗户旁边的相框，我问约翰，问爱德华，问马高吉塔苏吉艾拉……"

她不停地追问："你们为什么写作？""为什么直到现在还在写？"

这是对同行的追问，也是对自己的追问。

2021 年 5 月

第一部 呼唤我的名字

养育我的百分之八十

我在许多地方生活过。有的印象深刻,有的没有印象。比如父母新婚时住过的水道局山,四十多年前反复出现在纪实片中的利川电气和奥斯卡剧场,妈妈准备 23 片尿布每天洗三次衣服养育三个孩子的单间房,在我的记忆里并不存在。这些空间纯粹是以故事的形态留在我的身体里。之后的房间,还有再后来的出租房也是如此,都是我三四岁之前住过的地方,我记不住。相反,有个地方虽然已经过去很久,直到现在却仍然不时出现在我的梦中。那是所有居住过的空间中给我影响最大的地方——"美味堂"。

"美味堂"是妈妈经营二十多年的刀削面店。我们家在这个面馆里住了八年多。相对于居住的时间,"美味堂"对我还有更重大的意义,因为我的情绪是在那里形成的。无法用教育或熏陶替代,买不到也学不来的幼年情绪。那个时候,没有特别想要学习或者经历,就是那个场所给我的东西,我像呼吸空气一样全盘吸收。

到了午餐时间,很多客人带着他们的故事像潮水般涌入"美味堂",又如退潮般散去。面条是"速食",面不能胀,汤也不能凉。在那里,我看到了各个阶层和级别、各个年龄层构成的人间众生相,也看到了公平的饥饿。我由此懂得烹饪在美德和义务之前,首先是一种劳动。与此同时,我也看到了手握经济大权的女人的满满自信,感觉到人生属于自己的人脸上闪烁的乐观光芒。当时妈妈说"赚钱很有趣",她还说自己很兴奋,不明白长辈们说,"年轻时休息一天胜过老了吃几副补药"。有时客人太多,每天要用掉两袋半面粉,妈妈说起这些总是带着炫耀的语气。

妈妈用这样赚来的钱教育三个女儿,维持生计,后来还买了房子。妈妈说,因为第一次买房子,听了坪数也无从估量,直到楼房盖好,亲眼看到之后才发现太小,很是失望。原本打算住几年再换大房子,"可是很奇怪,从那之后就赚不到钱了",妈妈常常含含糊糊地加上这么一句。那大概是短暂品尝过的人生巅峰了,只是没想到人生的好时候竟是那么短暂。妈妈望着自己一辈子埋在面粉里,毫无光泽的手,喃喃自语。

不过，当时妈妈赚的钱并没有全部用于生计。直到现在，我仍然记得妈妈仔细观察推销员带来的漂亮化妆品瓶时的侧脸，从南大门市场卖进口商品的阿姨那里预订"晶彩锅"和"象印保温饭盒"，以及异形碗和毯子的情景。后来妈妈还买了钢琴，放在饭店大堂对面的女儿房间里。我喜欢我们的人生不仅仅为了生存，还有奢侈、虚荣和美丽。有些阶段就是需要踩着这些华丽的东西才能跨过去。妈妈做的是餐饮生意，却懂得人活着不能满足于吃喝，所以她心甘情愿、毫不怀疑地给女儿们买书，也给自己买衣服，擦粉。也许正是因为这样，直到现在，我依然记得在没有客人的闲暇午后，妈妈躺在大厅对面的小房间里，让我弹奏《朱鹮》或《故乡的土地》[①]的情景。还有妈妈伴随钢琴的节奏，在空中打拍子的脚丫，以及沾了洗碗水的袜子尖。我们一家生活在传统厕所和三角钢琴并存的房子里，后来我以那段时间的生活为素材创作了《刀痕》和《滔滔生活》等短篇作品。

我曾经问过妈妈，为什么突然决定开面馆？妈妈说当时的情况下，"弄不好老公可能会死掉"。我五岁的时候，妈妈拒绝了奶奶"怎么也

[①] 韩国家喻户晓的抒情童谣，收入小学五年级音乐教材。

得生个儿子"的要求，放弃继续生孩子，开了这家面馆。她也没有接受"回娘家种田"的要求，而是选择经营自己的人生。因为妈妈每天从早到晚到地里除草、摘辣椒的时候，原本每天洗两次澡、干干净净的我们身上生了虱子。妈妈也明白了，在某些关系中，"一家人"或"家人之间"的说法仅仅适用于单方面。即使后来的生意摧毁了妈妈的斗志，令她窒息，她也仍然为在三个不同地方学习的女儿支付全部学费，从未要求我们担当生计的重任。"美味堂"是妈妈以经济主体和人生主人翁的身份，怀着自我意识创立的积极空间。虽然妈妈的学历不高，但是在对人尽义务和尽礼节的过程中，如果有人对她的生活指手画脚，她懂得果断拒绝。对于自己的女性魅力所持的乐观态度，是她留给我的礼物。我不知道自己看到的是什么，然而长期以来我呼吸的都是那个空间里的空气。听着类似于噼里啪啦打字声的平稳而有规律的切菜声，吃着面粉做成的食物，我渐渐长大，长到了十九岁。

高三暑假，我违背妈妈让我读师范大学的心愿，偷偷参加了艺术学校的考试。那或许不是我第一次对父母说谎，却是一次具有决定意义的谎言。我的小小的百分之二十，背叛了养育我的百分之八十的期待。我觉得这微小的百分之二十改变了我的人生。我也经常思考在我做出这个决定之前培养我的身体和心灵的百分之八十，骨头渐渐老旧、眼花耳聋的百分之八十。妈妈小时候的梦想是翻斗车司机，虽然没什么学问，学历也不高，但是她逃离了"因为是一家人"的说法，不过并没有逃出很远；妈妈对我无比慈爱，但是对别人有时会很无礼，她是一位复杂、有很多缺点、充满自信的女性。她经营自己人生的过程中，自然而然地让我目睹了这一切，可以说面馆"美味堂"养育了我，渗透进了我的人生。

2016

梦寐以求的瞬间就在此时，此地

小时候，我喜欢可以跳舞的音乐，喜欢让我急促的呼吸变得更紧张，想要杀人般的歌曲。那种高高升到空中，然后砰地爆炸的欲望，使得心灵的上升气流和青春期的紧张更加剧烈。那时对死亡没有丝毫的恐惧。与其说是真正的勇敢，倒不如说是因为死亡距离自己太遥远，太抽象，因而没有把它放在眼里。我和别的孩子一样，以蔑视生活的方式品味生活，享受青春。内心忐忑不安，身体却在肆意生长，令人手忙脚乱。也许正是"舞曲"用呼吸节拍和舞蹈节拍把我四溢的能量切成小块，变得让我可以忍受。

《在夏天》①是1994年发行的歌曲，当时我十四岁。我的身体非

---

① 韩国嘻哈乐队Deux的代表作。该乐队成立于1993年，由金城宰和李贤道创建。1995年解散，金城宰不久即被发现死于某酒店，疑为他杀，案件至今未破。

常健康，犹如无须刻意储蓄就能每天收获高额利息的存折般飞速生长。我尽可能寻找更大的疲劳，更大的浪费，类似于"时刻亢奋状态"。不仅体力，感情方面亦是如此。那时的我很想喜欢某个人，并不是特别需要"某个人"，我只是想"随便找个人"，把我的感情和零花钱全部用出去。我怀着这样的心情四处张望。尽管我也知道，恋爱不可能完全由美好的事物构成。我渴望像音乐电视里的人物那样，无论是那种很有范儿的悲哀，还是凄惨的痛苦，都能全身心地感受。当时，恰好有个人想和我交往。他是我的学长，我不知道他的名字，只见过一面。我在操场上远远地看了学长一眼，就对前来传达消息的"使者"冒昧地说："好的。"随后，我和这位外表看起来内向而腼腆的学长开始了消极的交往……半个月后，我们结束了。提出结束的人是我（其实哪里算得上开始呢）。当时，学长在学校运动会上跳绳，看着他在气喘吁吁的人群中间有气无力、摇摇晃晃的样子，我感到非常失望。明明不是选美男子，也不是审查未来孩子的爸爸，可我就是觉得学长的样子好丢人，很不满意。从那之后,满怀青春期侠肝义胆的学长朋友（"使者"）就把我当成了坏女人，直到他交了女朋友、能量得到分散之前，我不得不承受他"怨恨的激光"。在那不算恋爱，也不能说不是恋爱的几天里，我们互相写过一两次信，打过一两次电话。那时没有电子邮件，也没有手机，其实我们并没有联系几次，连约会都没有过，就这样分手了。有一次，家里门铃响，我开门一看，人不见了，只有一个黑袋子孤零零地放在门口。我立刻撕开袋子，里面是 Deux 的第三张专辑。

不久就到了初二，我打算埋头学业……但是，我被分在了全校唯一的男女混班。班里有个男生也喜欢 Deux。不知道当时是不是所有的青少年都喜欢 Deux，还是碰巧我认识的男生都喜欢 Deux。他经常借给我申成佑[①]、Deux、Queen 和 MC. 哈默[②] 的磁带。我炫酷弹奏《水边的阿狄丽娜》《不要让我哭泣》[③]、《黎明的眼睛》[④]主题曲，录下来送给他。有一次，音乐老师对同学们说："你们也可以尝试写歌词。"这名男生用潦草的字迹写道："噢噢噢噢，耶耶耶耶，嘻哈。"这样的人竟然把我送的磁带听了两遍以上，超出了我的期待。从那之后到初中毕业，再到高中毕业，我和他都没有过一般意义上的异性交往。但

[①] 申成佑（1968— ），韩国歌手、演员，歌曲作品有《迈向明天》《序诗》等，出演电视剧《危机男子》《野蛮少女》等。
[②] 原名为斯坦利·科克·拜瑞（1962— ），曾为美国奥克兰棒球队队员，1990 年转型为饶舌歌手，代表作有《请不要让锤子伤害他们》。
[③] 韩国国民歌手、"情歌皇帝"申升勋（1968— ）的歌曲，代表作有《I Believe》《看不见的爱》等。
[④] 韩剧，播出于 1991—1992 年，收视率高达 42%，获百想艺术大赏，是韩国人最想重温的国民剧。

是在同级的那一年里，我们对彼此怀有好奇和好感，都给对方留下了印象。他喜欢《傍晚会有好事发生》①或者《龙珠》《灌篮高手》等日本漫画，有才华，自尊心强，在男孩中间人缘不是很好，但他受到早年在城里读书的姐姐的影响，培养了与众不同的时尚感觉和文化品味。喜欢摇滚、嘻哈和说唱，初三时曾站在烈日炎炎的操场中间，表演"徐太志和孩子们"②的《回家》的伴舞。当时看着包括他在内的多名舞者，我想到的并不是要和他们交朋友，而是感到遗憾，觉得"在那个舞台上跳舞的人应该是我"。这种欲望在整个学生时代都吸引着我，高二那年我下定决心参加庆典试镜，结果落选，所以这个梦想一直没有实现。在他跳《回家》的初三那年，我已经和其他男生通信了（是的，又是通信）。当他摇摆身体、虚张声势地自言自语"我的心里好郁闷！"的时候，我似乎还是觉得他有点儿酷。1996年夏天，我突然长胖，脸怎么洗都还是油光光的，和几名女生的友情破裂，内心很痛苦。或许是这个缘故，他小小的玩笑和信件格外令我欣喜。他转头朝向我这边，用夸张的动作表达惊慌，同时双手捂脸。"怎么了？"我问。他开玩笑地回答说："看到腿了。"上课发表"未来自己"主题演讲的

---

① 韩国动漫画家李明振的作品。
② 1992年歌手徐太志联合杨贤硕、李朱诺成立的组合，首张同名专辑发行超过170万张，创造了韩国音乐史上出道专辑最大销售量的纪录。

时候，他扑腾站起来，说出自己的种种抱负，然后说他要生很多孩子（我不知道为什么别的都不记得，只记住了这句话）。打扫卫生的时候，他走到正在低头扫地的我身边，不动声色地量了量自己的身高，然后退到一旁，高兴地说自己比几天前长高了，也比我高了。他心满意足，仿佛以后肯定会继续长高，而且长大是一种喜悦。这时，教室的音响里传来慵懒而祥和的舞曲。那是一首很美的曲子，中间不时有小号的声音，仿佛要把五线谱纸延伸到天空，伸着懒腰和鼓声夹杂在一起。当时，在我们中学，每到扫除时间教室里就会播放类似于"劳动歌谣"的流行歌曲。那天播放的正好是 Deux 的《在夏天》，很平静的曲子，背景是直冲云霄的慵懒旋律。

"梦寐以求的瞬间此时此刻正在开始。你接受了我爱你的心。哦！像我的心情一般明亮的太阳和凉爽的风走向我，我感觉如此幸福。"

我们的夏天，身体散发出臭味，心里吹起微风的夏天，窗外荡漾着巨大的翠绿，当时倍受大众喜爱的两名年轻人唱着"我还能奢求什么"。拿着拖把和笤帚的他和我，头顶流过仿佛是从日本漫画里飘出的白色云团，适应嘻哈规则，经常遭受社会批判的两名歌手把全身心都交付给抒情旋律，吟唱着"现在真好，年轻真开心"。

"天空向我们敞开，我的身边有你。和蓝色微笑站在一起，是的，你是蓝色的大海。"

《在夏天》的旋律和歌词里渗透着巨大的乐观主义，像极了那天飘在我们头顶的云团。我喜欢蕴含其中的自我满足的感觉。那是只有在那个时候才能拥有的满足感。

直到现在，每当我听到 Deux 的《在夏天》，脑海里还是会浮现出我长满青春痘的脸和在教室里扫地的背影，还有那个喜欢不时来到我背后比比个子，现在已经成为满脸疲惫的城市劳动者的男孩子。现在，或许他也和我一样对任何事都不像从前那样感兴趣，也不再惊讶。不过如果有人问："那个时候幸福吗？"我或许会说："好像也不是。"仅仅因为那是所有人"都长高的年华"，回头看就会如此感伤。这大概是因为我在落上敏感皮肤的阳光和风里，在我们生涩而尴尬的目光中长大成人吧。

十几年后的今天，我听着久违的《在夏天》，写下这篇文章。迎接冬天，准备即将到来的寒冷和假死的时间，很多动植物热烈繁殖的季节，在夏天。对年轻的朋友们小声说，快把这个夏天带走，这是谁都可以带走的夏天。你是蓝色的大海。

2013

夜间飞行

我记得来首尔后第一次找房子那天的天气。八月的午后，热得令人窒息。我和妈妈满头大汗地徘徊在陌生的街头。我们对首尔一无所知，身上的钱少得可怜，天气热得像蒸笼。我为找不到合适的房子而头痛不已，妈妈让我在路边休息，自己站在灼热的城市中央。汗水和粉底混合，妈妈的脸仿佛马上就会有泥水流淌下来。太累了，我们走进眼前看到的房间，敷衍了事地签合同。那个房间的天花板高得离奇，又深又冷。幸好签约条件合适，妈妈可以减少几分对我的怜悯。

那天悠长的正午融入了这片土地上艰辛而漫长的进京史。找到房子之后，我们面对面吃着红豆冰山。在沉重的疲劳之间透明碰撞的冰块声，白花花的夏日天空，今后我要居住的首都，那天的阳光强烈到足以责怪任何人。妈妈在乘上回乡大巴的瞬间，仍然不停地擦汗。望着妈妈渐行渐远的背影，我喃喃自语，"很久以前搬过二十多次家的爸爸，那天的天气，那二十世纪的太阳，也是这么大，这么令人头晕目眩吗？"直到现在，我还是难以忘记那天悬浮在我们头顶的又大又圆的太阳，以及首尔正午炽烈的阳光。

我每天生活的房间黑暗而阴冷。弯腰通过狭窄的门，深邃的内部风景像竖放的棺材，大大方方地迎接我。我在房间里摆放书桌、电脑等学生用品。望着便宜而方正的家具打造出来的整齐角度，我感到心满意足。我经常不吃饭、熬夜、喝酒，然而二十岁的身体非常健康，随时都可以起床出去玩儿。我不怎么听音乐，常常是趴着读书。衣服总是拖着不洗，动不动就跟妈妈多要钱。

即使在我还没养成写作习惯的时候，偶尔也会坐在大头电脑前记录些东西。专业课上得到一次表扬，晚上就会蒙着被子独自笑一夜。每次脱掉鞋子走进那个狭窄而不便的房间，我都会莫名地有种去休息的感觉，也许是因为找到房子之后从未离开过我头顶的太阳吧。

家乡已远，不过我对属于自己的小小黑暗和宁静非常满意。我喜欢静静地躺在恰好适合我身体尺寸的六面黑暗里，望着摇曳的灯线朝着胸口跌落，犹如从天而降的锚。咔嗒，电源开关一响，世界瞬间安静下来。我平躺着，眼睛眨个不停。这时，尽情吸收了灯光而变得圆滚滚的夜光星星在天花板上闪闪烁烁。那不是中国的红星，也不是卢卡奇[①]的星，只是扁平地趴在墙上艰难发光的亮光贴纸。

那是从前的租客贴上去的无数的星星堆。刚搬进来的时候，我就很努力地想把那些星星揭掉。也不知道是怎么贴上去的，我根本够不到。像希望一样毫无用处，黏度却非常好。天花板上总是有星星，不想看也必须看。既然不能不看，那就看吧。我一动不动地躺着，凝视夜光星星。看着看着，一个奇怪的念头闪过脑海。说不定有很多人从这个地方经过，像星星的数量。占地和我差不多的虚弱学生。一无所有就匆匆结合的年轻夫妻。手挂额头计算着工资和储蓄、汇款金额，满脸疲惫的年轻人。还有很多我不知道名字的人。插在书架上多年未

[①] 卢卡奇（1885—1971），匈牙利哲学家、文艺批评家。他在其代表作《小说理论》的开头部分写道："对于那些极幸福的时代来说，星空就是可走和要走的诸多道路之地图，那些道路亦为星光所照亮。"

读的《奥德赛》还没有跟我说过一句"离开",这些人到底是什么时候来,又是什么时候离开的呢?

在来之不易的寂静里,望着妨碍幽深黑暗的发光物质,我心乱如麻。随它去吧,"竟然弄什么夜光星星",我发着牢骚。尽管这样,我还是觉得我的独立和私生活的意义,从某种通俗意义上说,也像那些星光一样渐渐变得狼狈。不是"你们的阶级",而是"我们的品味",这句话在嘴角盘旋。这不是我的房间,也不是你的房间,而是我们的房间,这种感受常常挥之不去。这让我感到别扭。我为了躲避夏天而来的地方,我汗流浃背到达的地方,竟然是这样的空泛之地。相似的人生来来往往,要看到贴在房间里的星星才能放心,"啊,到晚上了"。真正让我不知所措的不是房间的大小和高度,而是只要有人居住的地方就无所不在的虚假的光和星星,而我也生活在它们的运动之中。

很长时间之后,我接受了那里有星星的事实。虽然柔弱,虽然单薄,但它们总是在试图靠近光。离开那里几年了,那个房间已经倒塌不在了,偶尔我会想,我性情之中淡泊而美丽的部分,我怀抱里很多低俗的部分,或许就是受了这些星星的影响。正如有的学者在土星的影响下有了忧郁的气质,我受到那些吸收光之后慢慢消失的夜光星星的影响,走路,买东西,偶尔坐在大头电脑前写文章,接到电话后突然起身出去玩儿。

2006

盛夏之夜的收音机

洗碗的时候,我听着收音机。不是正规电台节目,而是有人出于好玩上传的播客。即使在广大的播客世界下游范畴内,那个节目也处于下游地位。这是谁制作的啊,什么人会听呢?我这样想着,弹了一下手指,却在故事目录中发现了我的小说,很久以前发表在杂志上的短篇《圣诞特选》。"现在正是干活的时间,要不要选择更愉快、更琐碎的节目?"犹豫片刻,我把手机放到隔板上,按下播放键。这不是适合做家务时收听的节目,可我很想知道接下来会讲什么故事。如果下一个故事还是没意思,那就再换个频道。

"梦队长的魅力读书。"

宣告节目开始的轻快鼓声响起,同时流出舒缓的钢琴曲。我从洗碗池上取下手机,免得溅上水,然后戴上橡胶手套,开始洗碗。

"Merry Christmas!哈哈哈哈!"

播客主持人模仿圣诞老人的声音，向听众问好。刹那间，我隐隐地产生了不祥的预感。这个男人会不会是只顾自己开心，不顾他人心情的"开朗而无趣"的人呢？

"大家好，我是梦队长。天气寒冷，不知道大家过得好不好？"

啊？我正要拿洗碗布往碗上涂洗洁精，听到这句话立刻停了下来。我为什么会有这样的偏见呢？我以为读书节目的主持人理所当然会使用"有教养的人们说的现代首尔话"。

"是的，我的脖子扭了，很难受……"

大概三十岁出头？感觉声音和Busker Busker①的张凡俊有点儿相似。

"天冷，蹲在地上麻烦，我就弯着腰洗头发，洗完起身的时候扭到了脖子。"

我摇了摇头，"这语气分明在哪儿听过，到底是哪儿呢？"不一会儿，我忍不住在心里呼喊，"对！金重赫②前辈就是这样说话的，金衍洙③前辈也是，还有成硕济④前辈的语气好像也差不多，虽然不完全

---

① 韩国知名乐队，由张凡俊、金亨泰等人组成，代表作有《春风》《初恋》等。
② 金重赫（1971— ），韩国作家，代表作有《企鹅新闻》《乐器的图书馆》等。
③ 金衍洙（1970— ），韩国作家，代表作有《七号国道》《我是幽灵作家》《世界的尽头，我的女友》等。
④ 成硕济（1960— ），韩国作家，代表作有《寻觅王者》《逃亡神偷》《威风堂堂》等。

一样。"我点了点头。前辈们说话时犹如奶油装饰般加入的抑扬顿挫也很相似。我更有兴趣了,更加专注地听主持人说话。他说了一段清晰的首尔话,中间又很自然地夹杂着庆尚道口音。

"扭了脖子之后,我的想法是,以后要住在有洗面池的房子里……早晨起床站在洗面池前,用凉水哗啦哗啦洗脸,抬起滴水的脸,看着镜子中的自己。我又梦见了这个场景,如果可以这样的话,早晨我应该也能早早起床……"

我的上身朝着手机那边更倾斜了一些。放手机的隔板在我左侧,而且水声掩盖了主持人的声音,我想听清节目的内容,就要朝左侧倾斜15度。主持人和我同岁,他说他在半地下室里住了十年。他的声音里听不出抱怨或卖惨。他说:"今天我之所以讲这段毫无头绪的故事,是因为我正在读的小说主人公也像我一样,是个渴望拥有房子的男人。"我看了看故事播放时间,主持人大概是想把这篇小说全部读完。

"所以一定要是新奇士的果汁瓶才行……(中间省略)……好,下面我来朗读作品。"

短暂的瞬间,作为背景的圣诞赞美诗响起,朗读终于开始了。

"今天可以看到一年中最安静的城市。凌晨一点,灯一盏盏熄灭,街头的人群渐渐消失的时候——首尔静悄悄的,像出了故障的音乐贺卡。"

主持人的语气给苍白的铅字注入了活力。他经常用自己家乡的方言读小说,我短篇里的人物也就跟着说起了庆尚道的方言。与此同时,《圣诞特选》中谨慎而斯文的人物脸上泛起了奇妙的生机。不过,这种程度还不算什么。过了一会儿,他朗读雷蒙德·卡佛短篇的时候,我眼看着从前理所当然的美国人物变成了庆尚道的大叔和大婶,就像本应由蒂姆·罗宾斯或乔治·克鲁尼出演的地方突然跳出来了罗伯特·威廉·霍利。怎么说呢?这就像卡佛的《好事一小件》中,面点师向失去儿子的年轻夫妇推荐面包时,不说"两位应该吃些东西比较好",而是问"要不要来个砂锅?"不过,主持人在说明什么或朗读描写语句的时候,还是值得一听的。沉浸到男主人公的世界里进行不自然表演的时候,也还算不错。当他用尖厉的声音柔声细语地说出女主人公台词的瞬间,我真想揪住他的衣领问他到底在干什么。如果关系再熟点儿,我会远远地朝他飞出一脚,"差不多就行了,臭小子!"主持人朗读得最自然的部分是脏话。我连连点头,"主持人说脏话很得心应手,很真实""同样一句脏话,还是庆尚道方言听起来更有味道,像活鱼似的乱扑腾"。《圣诞特选》中的男人在空荡荡的大都市东张西望的时候,主持人毫无差错地继续着他的朗读。

夏日的傍晚,洗碗池前那扇垫板大小的窗户外面,城市的灯发出灿烂的光芒。密密麻麻的现代房屋之间耸立着随处可见的十字架,这使得方形窗框里的风景本身就像出了故障的音乐贺卡。天空由黄变朱黄、紫色,最后迅速变成墨绿。我远远地望着山下密集而又形态各异的房屋。每栋建筑物都整整齐齐地呈现出斜斜的轮廓,边缘清晰,仿佛用剪刀就可以单独把天空剪下来。合成洗涤剂的泡沫从我握着洗碗布的双手间丰盛地冒出来,再加上主持人朗读的小说和很久以前的经历撞击着我的胸口,掀起泡沫。为了不让水声碾碎主持人的声音,我下意识地调小了水流。水流小了,洗碗时间就会加倍,可是我想继续听主持人的朗读。小说中年轻而贫穷的恋人从钟路经过永登浦,最后到达九老的时候,女人满脸惊恐地打量着主要是外来务工者入住的简陋旅馆内部,这个瞬间,我结束了洗碗。

节目还剩大约四分之一。我洗完手,拿着手机去了客厅。我把脸贴在冰凉的客厅地板上,躺着听剩下的部分。那是我写的故事,结局一清二楚,但我还是继续听完了。别人或许会说"这人也太自恋了吧",令我面红耳赤,然而在我内心深处却掀起了某种类似思念或感激的东西,像云层一般,使我欲罢不能。小说朗读已近尾声。面对剩下的几句话,主持人短暂地调整呼吸。我记得小说的最后几句,于是我也在心里跟着主持人一起读。

"12月25日。12月25日在男人脸上映出蓝光,弥漫开去,继而消失。男人合上手机，四周又恢复了黑暗。男人忽然安心了。凌晨的黑暗正在清朗地变淡。男人闭上眼睛，准备入睡。"

然后又是圣诞赞美诗。

"怎么样，有趣吗？"

朗读结束，主持人的笑声很平静。

"这个故事给人留下的最大教训，就是打算和恋人共度良宵的话，必须事先预订房间。否则一天的辛苦可能化为泡影。"

主持人对他接下来要朗读的小说做了简短的评论，分享了自己的感受。比如以前在情人旅馆打工的经历，或者圣诞节过度消费后心情变差，以至于连约会细节都没记住。他提到了一次"印象最深的圣诞节"。尽管把主持人即兴说出的话写在文章里有些不自然，可是为了转达得更鲜活，我就这样直接引用了：

也许是这个缘故，很奇怪，我记住的都是工作时的事情。说起美丽的圣诞节，我想到的就是这些。那年到处都有人说将会迎来白色圣诞节，大街小巷都洋溢着狂热的气息。圣诞节那天，我在搬家公司帮人搬运行李，当然，那时我还是个大学生。好像是高层公寓，从云梯车上去，把窗户都摘下来了。隔着空荡荡的窗框，视野里满满都是忧郁的天空。我正马不停蹄地搬东西，不知从什么时候开始，柔软的雪花越过窗框，一片一片静静地飘进空荡荡的房间里。那个瞬间，好像按了停止键，一切都停止了，只有雪花一片片慢慢地飘进来。我张大嘴巴，静静地看着，真的没有比这更美的风景了。在平安夜还要工作，我原本可以抱怨自己的处境，或者向朋友们发牢骚，可是在内心深处我其实更喜欢工作。至少可以找个理由不用花钱。

听着主持人说这番话的时候，我竟然产生了身在其中的感觉。仿佛自己正把胳膊长长地伸出去，伸到玻璃全部摘掉的方形窗框之外，摸到了一触即化的雪花。节目在野菊花的《又是圣诞节》中结束。很久以前我拉着恋人的手，在出租房所在的胡同里穿行，大声唱过这首歌。二十多岁的时候，我在某个社区住了很长时间，当时步行走过了很多地方。当我第三次搬家的时候，每年都会和恋人来一两次出租房巡礼。说是巡礼，其实只是傍晚时分抬头看看以前住过的房间里的灯光，然后就回来。正如卡佛的短篇小说《不管谁睡了这张床》，望着从小小窗缝里渗透出来的灯光，我极力认清有人搬进我刚刚离开的地方，在那里生活的事实，极力看清楚我们轮流寄身的这个地方。听到手机里流出的野菊花的歌曲，我想起了这段往事。或许有人在一年里总是在过平安夜。纪念日、感恩大酬宾、最后大甩卖、特别促销，世界上总有各种各样的庆典，各种必须快乐的名分，自己却连个落脚地都没有，却要像被降罪用肩膀支撑苍天的擎天巨神，赤手空拳地支撑各种庆典，支撑某些人的快乐。我想到很多这样的人，想到城市的安宁。

有人说，世界为没想到会相遇和不可能相遇的事物设定了程序。2006年写完、2007年出版的小说，2012年听到别人录制的音频，好像很久以前寄出的信又回到自己的手中，好像收到自己回信的感觉。可是除此之外，其他的话，其他的回忆，其他属于我的春天，属于我的黑暗，还有你的季节都去了哪里呢？也许它们并没有彻底消失，而是像收音机电波那样，正以能量的形态在世界的某个地方游荡。难得对上频率顺利到达某人内心，偏离，常常被抛弃，有时像这样回到出发点，重新询问发送人的姓名。所以今年夏天，你我都要圣诞快乐，永远，必须，一定要圣诞快乐。我静静地，竭尽全力地祈祷。

2012

和你的遭遇

第一次听到我登上文坛的消息,是在大学的计算机房。我对着话筒问:"小说,还是诗歌?"对方回答是小说,诗歌连预赛都没进。不久之后就会知道的事情,我偏要红着脸追问,原因很单纯,我想知道自己是小说家,还是诗人。

挂断电话,我真的很想尖叫几声,或者翻三个跟头。看到计算机房里贴的"肃静",我只好忍住了。当时未能尽情释放的喜悦结成小疙瘩,直到现在还堵在心里。前辈听说了我的症状,说这种症状近似于火病,只要在小山上挖个坑,每晚笑三次就会好。当选的消息我隐瞒了整整一天。仿佛一说出去就会损坏,同时我又想告诉所有人。保守秘密者的自信与羞耻,颤抖与烦恼让我脸色苍白。这时,我决定把这个事实告诉某个人。

妈妈听到我的消息是在练歌房里。我的妈妈勤劳俭朴，不会唱歌，那天却关了店门，从傍晚就待在练歌房。我不觉得奇怪。我们家位于西海岸的乡村，那段时间接连收到坏消息和更坏的消息。话筒那头的妈妈有点儿醉了。听我说完，她开心不已。我不知道她的激动来自于荣誉，还是奖金，不过都无所谓。妈妈背后阿姨们的歌声嗡嗡地传来。我在过于安静的地方听到消息，而妈妈却因为场所过于喧嚣而不能表达自己的激动之情。

对我来说，登上文坛的消息之所以宝贵，并不单纯因为它是个好消息，而是因为它是在坏消息和更坏的消息，以及超级坏消息之后到达的好消息。或许对妈妈来说也是如此。即便这样，一个店铺的情况也不可能轻易好转。在那之后，妈妈又去了几次练歌房，抚慰自己的心情。听说中国某地还有花钱就可以独自哭泣的"哭泣房"。不知道怎么回事，写这篇作品的时候，我想起的是拼命挤进每个地方、每条胡同的全国各地的练歌房。五音不全的妈妈承认生活的酸腐，放声唱出的是歌，歌词、文学最初也都是歌。

那天夜里，我和几个人简单庆祝。朋友不多，我记得全部都到了。

一位长头发、留着胡子的朋友给我买了冰激凌蛋糕。他平时吃住都在科室。2002年,里门洞尚未出现有名的连锁西点屋,他在附近转了很久,终于买来了冰激凌蛋糕。奶油里添加了很多色素,蛋糕散发出酸抹布味儿,算得上"黑暗料理"。我们面对面坐在酒吧里,用手指挖着小熊形状的冰激凌。我记得我们吃得很卖力,不过最后也没吃完。朋友们像往常一样谈笑风生,而他垂头丧气地自言自语,反复说了好几次,"要是买芭斯罗缤①冰激凌就好了"。小熊被挖掉一只眼睛和鼻子,微微地笑着,渐渐变成要哭的表情,开始融化。过了一会儿,我们望着彼此呼吸的背影,摇摇晃晃地散开了。尽管那时我对着话筒问:"小说,还是诗歌?"然而我并没有想到自己真的会以写作为生。

很久之后的某一天,当我走过里门洞西点屋前,我想起了当时,想起一个男人通宵自言自语、重复同一句话的那个冬夜。我想起好像挨了打,脸上到处是凹陷的痕迹,慢慢融化流淌、微笑的小熊。直到那时,我才真正明白"要是买芭斯罗缤就好了"是多么温暖的话。正如在江北一个僻静的厨房里,为了制作"真的冰激凌蛋糕"和"近似于真的的冰激凌蛋糕"而真心努力的面点师。那时候,像这样稍显不足和荒唐却带着温情的东西培养了我,教育了我。

---

① 即Baskin-Robbins,世界最大的冰激凌专业连锁,遍布近50个国家,共有八千多家门店,随时都能提供31种口味的冰激凌。

参加颁奖典礼之前,我买了皮鞋。那是位于回基洞的多年手工鞋店。款式简单,鞋跟也很低,不过精心打磨的皮革柔软而轻盈的感觉还是令我吃惊,记得我为此兴奋了很长时间。颁奖典礼那天,我的打扮很普通。灰色羊毛衫,褪色的牛仔裤,卡其色短靴,乍看很朴素,其实都是新买的。我对自己买的衣物很满意。按照颁奖典礼的时间,我穿好鞋,愉快地朝光化门跑去。可是我忘了,新鞋要穿很长时间才能合脚。起先我怀着激动的心情跑着去领奖,后来渐渐放慢速度,最后一瘸一拐。当我从钟阁站步行去教保大厦的时候,两只脚后跟和小脚趾都已磨出水泡。登上渴望已久的领奖台时,我只能极力不让自己腿瘸。

颁奖典礼结束,我的脚步可以放轻松了。记得那天,我和朋友们在钟路玩到深夜,玩得很尽兴。还记得有人撕掉包装,帮我贴上创可贴。我也记得傍晚时分,我像丹顶鹤一样单脚站立的样子。或许正是这个缘故,直到现在,我仍然觉得有个年轻的我怀抱一大束鲜花,瘸腿徘徊在钟路的某个角落。

重新回忆那天,我想起妈妈挺直腰板听获奖感言的面孔,想起为了表现得像个真正的作家而生涩地做出的承诺，想起不太好吃的猪排，想起爸爸往我的米饭上夹肉的干裂的手，想起在猪排店里，大家为了打开男友买来的葡萄酒而哼哧哼哧的情景。妈妈一边往啤酒杯里哗啦哗啦倒着葡萄酒，一边不动声色地挑剔首尔食物的味道。妈妈对颁奖典礼上遇到的有教养的人们绝口称赞。文与学，我的父母对这两样东西怀有茫然的敬畏。尽管不知道是什么，但他们似乎认为从事这些工作的人和自己不一样。"文"是妈妈和爸爸隐隐向往的"文"。子女的班主任老师往家里打电话的时候，哪怕周围没人也会跪坐在地手捧话筒的人，他们想象过这个"文"，他们羡慕过这个"学"。但是，颁奖典礼这样的小型活动周围的风景平凡而滑稽，并不像他们期待的那样。越是想要成为与之匹配的人，越是显得可笑。发表获奖感言的时候，我装模作样地说着自己都听不懂的话。当我坐在朋友们的身旁，我们为了打开软木塞破损的葡萄酒而动用筷子、勺子，齐心协力，当我吃着爸爸夹给我的肉的时候，我想文学或许并不在邀请你们来的这个地方，而是在高高兴兴来到这里的你们身旁。这文学并不偏袒某一个善，而是拥有许多不同的臂膊，一条臂膊会指出站在众人面前的当选者心怀虚荣，一条臂膊会赞同这份虚荣仍能反映生活的真相。在文学的臂弯里，我依然在犯错、领悟和学习中成长。时间稍长，我又会把一切忘掉，就是这样愚蠢，重复同样的错误。语言和文字的力量之一，就在于提到什么东西"怎么样"时，哪怕只说一句"是的"，心情也会变得舒畅的神秘感觉。偶尔我也会想象长着多条臂膊的美丽的文学。

　　我想起第一次听到获奖消息的那天，妈妈接电话的场所。练歌房。妈妈也会去的地方。妈妈试图用一次玩笑，又一次玩笑，再一次玩笑捍卫人生的品味，然而坏消息却压抑着妈妈的时候，我的妈妈不是去玩，而是去活命的地方。偶尔真的单纯去玩的地方。在很久很久以前，这个世界全都是练歌房吧。有朝一日，在人生的某个桎梏里，在练歌房的角落里，如果偶然与你见面，如果那时候你有点儿口渴，我会请你吃"真的和近似于真的的冰激凌蛋糕"。

2008

悄悄话

悄悄话：窃窃私语。

恋人们的动词。

或者刚开始交往的人之间的动作。

不是呼喊，不是嘀咕，也不是嘟哝，需要有两人以上，在两人之间进行的事情之一。

距离想要"窃窃私语"以示亲近的对象越近，越容易。

因为需要近距离小声说话，所以适合分享秘密。

哪怕说的不是真正想说的话也没关系。

就像要等到季节变换之后，才知道风对树说什么，树对我们说什么。

两者做的事以后常常也会暴露。

随着彼此的嘴唇愈加贪婪，据说会出现对天空和风胡说八道的症状。

同时伴有高烧、恶寒、瘙痒、汗毛竖起等症状。

这是在最近的距离发生的最远的对话。

回荡在耳边的呼吸。

"窃窃私语"时，透出很多风的沙沙声沿着耳廓制造出微风。

像镜子上的手指印，在彼此的听觉中留下心灵的指纹。

沿着指纹静静地打着旋涡，扰乱感觉和理智。

让人等待傍晚的咒语。

北欧某国的俗语，悄悄话像带酸味的食物一样可以刺激性欲。

还有记录称，因为这种行为会降低战斗力，所以在军人之间遭到禁止。

温柔、轻快而隐秘的情思。

恋人们的动词。

偶尔诗人们也会做得最好。

2011

夏日的风俗

奇怪，总是夏天。我在路上徘徊的日子，在被阳光漂白的城市中间根据风向站立的时候，因为是夏天，每次我都感觉很热。

八年前的夏天，我买了《语言学史》。我是在高丽大学附近的二手书店买的。那天是我第一次去高丽大学门前的书店，也是第一次知道这本书。我本来想买的不是这本。我想要的是一个名叫索绪尔的名人写的语言学书籍。旧书店里"名人"的书是最多的了，可是那里没有索绪尔，倒是有哥哈特。带我去二手书店的人往我手里塞了一本大约500页的精装书。《语言学史》，哥哈特·赫尔比希，经文社。手上除了未破灭的时间，还有黑乎乎的灰尘。灰尘很容易沾到手上。我呆呆地望着那本书。哥哈特·赫尔比希。我根本不知道世界上还有这样一本书。即使知道，可能也不会读。

翻开《语言学史》最后一页，上面有关于书的详情介绍。译者的汉字姓名，同样用汉字标记的发行者姓名和公司地址，犹如解开世界秘密的符号一样每次看到都让人感觉神秘的ISBN（国际标准图书号码）89-4-20-0260-9……第一次出版是在1984年。这本书是由1975年成立的公司在1984年介绍到中国，1999年落入我手中。这个过程可能经过几位主人。买完书没多久，我就忘了自己买过《语言学史》这件事了。买的时候就有强烈的预感，觉得我不可能阅读，然而那天我并没有把它丢掉，原因很简单，因为我无从知道这本书是好书还是坏书。

买《语言学史》的前几天，我坐在学校的休息室里。那里放着一张古铜色的沙发。一张人造革制成的三人沙发，海绵从裂开的缝隙里露出来。我不知道这张沙发从什么时候开始出现在这里，只知道开学以来从未有人清洗过它。剧创作室所在的老建筑里只有一间休息室。很多人在这里坐过，又离开。我认识的人大部分都在这张沙发上停留过，不一会儿又起身去往别的地方。八年前的初夏，我和朋友们瘫在那张古铜色沙发上。我不知道当时是下课时间，还是没有课的时间。我问和我同班、比我年长好几岁的B："我想去二手书店,应该怎么去？"

那时不像现在,网络和卫星地图尚未普及。从出生到高中毕业,我看过的书最多的是来自"大韩教科书株式会社"。同学当中一半以上比我大六七岁,那正是我在智商方面的虚荣肆意汹涌的时候。那么多人,我为什么偏偏问 B 呢?回想起来并没有什么特别的原因,只因为他正巧在我旁边,处在偶然和必然相遇的连接点,脸上带着对即将到来的人生和巨大叙事浪潮一无所知的天真,茫然地站在同样表情的我旁边。B 是首尔本地人,懂得多,行动也敏捷。不过他这个人比较善变,而且冷漠,所以我不敢面对他。他稍作迟疑,决定约个时间,和我一起去书店。面对出人意料的好意,我感激又内疚,约好了请他吃顿美餐。

那天夜里,我把想买的书在纸上列了目录。大概有三十多本。多半是在酒桌或课上听说的名字。包括《性欲》《法西斯主义的大众心理》《我和你》《现代诗创作》等书籍,还有弗洛伊德、尼采、索绪尔等作者的姓名。一看就知道不是想看,而是觉得必须要看的书。看着希望购书目录,我的心里混合着自信和压力,像预感到乌云的昆虫一样混乱。我没去过二手书店。对我来说,去二手书店就像去动物园、游乐园一样令人兴奋。仿佛只要去了二手书店,我就能以最低的价格买到世界上所有的书。

B 设计的路线是这样的:韩国外国语大学——高丽大学——清溪

川——首尔站——首尔大学,我们一大早见面,乘坐地铁和公交车出门。我从农村来,觉得首尔太大,太复杂。B知道那么多二手书店,这让我有些惊讶。B和书店老板讨价还价的时候,我莫名地对他生出几分敬畏。那天B一本书也没有买。为了我这个试着去学习的同学,他完整地腾出了一天时间。比我年长八岁的B,平时对同学都很照顾,但并不是很温柔的那种,所以我欠了人情,不得不看他的脸色。那天B没怎么说话。我唯一记得的就是他翻看《资本论》上下卷时的面孔。B仔细看了看上卷,露出严肃的表情。他犹豫了一会儿,最终没买,走出了书店。离开之后,他又反复说了几遍,《资本论》从头到尾满满的都是下画线和标注。那本书已经离开了画下画线的人。

高丽大学门前的书店是一栋二层建筑,幽深得像陈旧的面包房。四周堆积的书籍岌岌可危,却又看上去很平稳。B拿着我写在纸上的目录,熟练地在书柜之间游转。偶尔像发现宝物似的把书递到我面前。B的眼睛像沉默寡言的猎人,闪烁着微微的光芒。我不懂书店的结构,也不懂得书的排列规律,表现得很是被动。当他劝我放弃《普通语言学教程》,塞给我《语言学史》的时候,我无力反驳。他也不可能读过《语言学史》,然而很奇怪,当时我就是无法拒绝。《语言学史》和别的书籍一起装进黑色的袋子里，然后就忘到了脑后。即使那天放到我手里的是《普通语言学教程》，结果也是一样。我想请 B 吃顿美食，可他坚持要吃拉面米饭。我们在面食店里面对面吃完饭，接着去往下一家书店，日落时分尴尬地告别。二手书店全部看过之后，我很沮丧。与其说是宝库，倒不如说是用眼睛努力挥动锄头的砂砾地。我买了不同于计划，不在计划之内的书。那天我买了奥克塔维奥·帕斯的书、《性学词典》《当亚当睁开眼睛》《侏儒射向天空的小球》、创批社和文知社出版的几本诗集、首尔大学出版社文艺思潮文库版系列。这个目录没什么价值取向，也不成体系。书价共计 10 万元①左右，这笔钱是我鼓起勇气找妈妈要的。不知为什么，那时候我觉得只要自己囤积了 10 万元的知识，就会变得非常聪明。

虽然只有一天，但是那天我一步一个脚印走过首尔时看到的风景却久久地留在我心里。我把这段时光放在胸口揉碎，做成拓本，力量大概来自于对 B 的感激。朦胧的画面中融入了晴朗而炎热的天气、滚烫的柏油路、炎热、眩晕、被阳光漂白近乎破碎的干燥风景。还有夏天里，我用手遮挡阳光的身影。

---

① 除特别说明，文中货币皆指韩元。1 元人民币约合 190.15 韩元。

直到三年之后，我才翻开《语言学史》。整理书柜的时候，突然心生好奇。书的封面用厚塑料包得漂漂亮亮，由此可以感受到买书人最初的心情。要不要看看目录？怀着这种心情，我翻开第一页。无数的"目录"接连出现。布拉格学派、特鲁别茨柯依的《音位论》、布龙菲尔德行为主义的发端、泰尼埃尔的从属关系语法、香农的计算生成模型……那一瞬间，我终于放心了，"以前从没想过读这本书是多么正确"。尽管这样，我却没有把书合上，这是因为随后进入视野的某种痕迹。书的第一页写着"期中考试10月16—29日"，同时还反写着"朴善美（化名）"的名字，就像在玻璃窗对面看到的一样。她在其他地方应该也会经常这样写自己的名字。我明白了，这是某人的专业书籍。我怀着好奇翻到第二页，又看到了另一个名字。"89220——张春植（化名）"。我猜这本书是从张春植手中经过朴善美到达我这里。这中间不知道是否还经过其他人，不过感觉应该没有沾过太多的手。我漫不经心地翻开正文。那里保留着书主人刻苦学习，但是有些"急于"刻苦的痕迹，而且仅限于前100页。大概这前面是考试范围，或者曾经下定决心，到这里终于放弃了。正文一看就让人觉得乏味。眼睛看到的词是这样，密密麻麻的版面也给人同样的感觉。正文下面的画线究竟来自89级的张春植，还是来自92级的朴善美，我不得而知。用了各种颜色的笔，形状也从直线到波浪线，多种多样。我看了看画线的部分。"语言不是创造出来的东西，而是创造出来的活动""语言是单纯的诸多关系的网，是形态，而不是实质"。我给"网"这个字画了圈，给另一句中的"Langue"①画了方框，在"language"②下面画了小波浪线。我不知道"诸多关系"是什么意思，但是想起有人在很久以前的某个地方学习这些陌生的词汇，我的感觉就很奇妙。不过，真正让我感兴趣的是另一件事。那是夹在书页间的两张纸。"听课申请（最终）通知书"。两张薄薄的行政文件像合掌的夫妻，整齐叠放。听课申请书的主人之一是男性（90级，姓名黄振久），另一个是本书的主人朴善美（92级）。我看了看这两个名字，忍不住笑了。我确认这两个人是恋人关系。二十多岁的时候，我对这种事非常感兴趣。文件里还有几样证据可以支撑我的猜测。听课者的个人情况、科目、登录次数、总学分等等。我仔细观察听课申请书，推测这两个人的关系。首先可以确定的是男生学习很差，1996年就已经做了第九次听课登录。临近毕业，他申请了看上去是大学一、二年级必修科目的德语练习和作文课。这意味着他没有按时上完必修科目，或者考试没有及格。那么他作为90级德语系学生荒废专业的时候，做了些什么呢？会不会

---

① ② 分别为法语和英语的"语言"之意。

是在街头呐喊？这里需要一点儿与韩国近现代史相关的想象力。不过，我决定把注意力集中在这对校园情侣的恋爱方面。黄振久（或许已经退伍）在毕业之前申请了包括"德国狂飙突进运动"在内的十门课程。奇怪的是，尽管如此忙碌，他却申请了"现代美术理解"这种看似与振久君完全不符的素质课程。直到看了朴善美的听课申请书，我才明白黄振久的选择。因为朴善美申请了同样的科目。我猜测在1996年的秋天，朴善美和黄振久都听了"现代美术理解"这门课程。他们并肩坐在老旧的教室里，落叶的气息从窗缝袭来。我看了看黄振久的联系方式。映入视野的是"祭基2洞"几个字。地址在学校附近，可以推测黄振久应该是在别的城市长大。我想象着位于祭基洞某个地方，朴善美的听课申请书要简明得多。登录八次，包括毕业论文，申请科目也只有三种。这意味着大多数必修科目都已经修完，最后一学期过得悠然自得。朴善美的总学分是136分，比黄振久高出13分。地址是京畿道××市。看来朴善美的整个学生时代都是住在家里。她可能在外过夜吗？我猜测黄振久是在退伍之后遇到后辈朴善美。两个人的入学年度，以及在那么忙碌的时候仍然陪在朋友身边听"现代美术理解"课程，都可以看出这点。黄振久的听课申请书为什么会在朴善美之手？善美小姐会不会帮振久君写报告，对于她先听过的课程还会不吝指导？偷窥某人带着私密而又公开面孔的过往之后，我感觉自己很俗气，同时也生出几分歉疚。我产生一种错觉，仿佛看到比我年长十岁的黄振久变成比我年少的青年，坐在教室里。父母在乡下辛苦劳动，自己却不好好学习，黏在女朋友身边听美术史打盹。高丽大学黄振久君那年有没有顺利毕业？两个人之后也继续联系吗？还是分手了？想到这里，我有种略带伤感的冲动。这种冲动最终化为想要确定他们近况的放肆。听课申请书下端写有两个人的电话号码。我稍微有些犹豫。这样很容易让人觉得我是个无礼而奇怪的人。现在回想起来，这种做法的确无礼而又奇怪。只是当时我或许是因为独自沉浸在戏剧性的想象中，又或许是稚气作祟，很想对其中某个人说："我无意中发现了你们十年前的听课申请书，如果需要的话，我可以寄给你们。"如果回到过去，我会阻止自己，不过当时我决定先给黄振久打电话。信号音响起，我心跳加速。不一会儿，那边传来上了年纪的阿姨清晰的声音。

"喂？"

"你好。"

"请问是黄振久君的家吗？"

"什么？"

啊，打错了。我顿时失去自信，低声问道：

"黄振久君。"

对方没有说话，随后我听到阿姨和旁边的男性商议什么。接着，阿姨大声说道：

"啊啊，振久？找振久有什么事？"

啊！振久，她说的分明是振久。我掩饰住喜悦，努力让对话听起来自然。

"我是高丽大学的后辈，联系不上振久前辈了，他在家吗？"

"振久吗？搬出去很长时间了，他现在不住这里。"

失望和安心感同时涌上心头。不，其实安心感似乎更强烈点儿。我问阿姨他什么时候搬走的。阿姨说他搬出去好几年了，问我有什么事。我说有东西要还给他，搪塞几句，道了谢，然后挂断电话。我知道黄振久不是自己开火做饭，而是寄宿在别人家。寄宿家庭出出入入的人很多，但是阿姨记得他的名字，可见他在那里住了很长时间。不论怎样，我联系不上黄振久了。朴善美倒是还有可能。我呆呆地盯着另一张听课申请书。我决定不再联系了。因为我觉得已经足够。"很久很久以前，朴善美和黄振久在安岩洞[①]学习《语言学史》，相亲相爱。"这是真的，现在应该依然生活在某个地方。

最近，我试图在某个网站通过"寻人"功能寻找两个人的足迹。

---

① 高丽大学本校区位于首尔市城北区安岩洞5街。

这样或许可以得知停留在1996年的两个人的现在和未来。最后，我没有这样做。我觉得还是不要寻找为好。也许有一天，我会把这本书卖到二手书店，不过在我的房间里保存一本像《语言学史》这种有着无聊题目的书似乎也不错。我还没有读完，还不知道这本书是好是坏。

这篇文章开始于一张沙发，从来没洗过的人造革沙发。那张沙发就是我认真地看着某个人，问"我想去二手书店，应该怎么去？"的场所。开始于沙发的故事经过索绪尔，经过10万元和《资本论》、现代美术、祭基洞，来到了这里。一切都突如其来，鸡毛蒜皮，同时又有所关联。生活在遥远大陆的学者（不知道是否还活着）哥哈特看到这种情况会说什么呢？会不会手捋胡须，从"语言这种东西"开始，来一场精彩的讲座？或者对自己的书以这种方式在韩国流传感到痛惜？

最近当我乘坐公交车去自炊屋的时候，偶尔会想起放在我内心最底部黑暗处的空沙发。有时不由自主地独自坐上去，孤独而陈旧的地方。打开车窗，冷风吹进来。司机开着收音机，里面传出从明天开始天气彻底变冷的消息。也就是说，今天是告别夏天的日子。这段时光再也不会重来，这样的夏天恐怕也不会再有。这预感使我伤感起来。

回到住处，我把这件事讲给老朋友，比我心思缜密的朋友在电话那头低声说，这种感觉以后会有无数次，不用担心。我思考了今后可能经历，以及小说外面的语言和立场，于是决定不再回忆太多。和夏天还要告别很多次呢。就算我每天坐一张沙发，也不可能把全世界的沙发坐遍。我坐在房间里的小书桌旁，打开网络书店窗口，寻找题目为《语言学史》的书。没有搜索结果。我又输入哥哈特·赫尔比希这个名字，出现了以哥哈特为姓氏的十几个名字，但是没有哥哈特·赫尔比希。我猜测这本书可能已经不再出版。我静静地念了"网"这个字。这是《语言学史》的旧主人十几年前画圈的词，大概是个很重要的词吧。我又念了一遍哥哈特·赫尔比希。嘴角流出一股风，这是一个陌生又温情的名字。

2007

歪歪——扭扭

抱着你,我才知道我有两条胳膊。仿佛刚刚意识到原本不知道的事实,我喃喃自语,"对,我有两条胳膊"。很快,我对将要知道自己有两条腿和一个嘴唇这个事实感到恐惧。我怕这样下去,我会真的知道自己的名字。

脚为了不倒而有两只,不过我一只脚也可以站立,还可以用双臂倒立。虽然更辛苦,却也更美丽。

"歪歪扭扭——我喜欢我可笑的爱。"

我躺在旧沙发上。很久以前很多人不经意丢掉的硬币在沙发底下闪闪发光。现在我的手知道该做什么了,它紧紧地抱住你。你望着我

的脸,问道:

"你说什么?"

我的恋人是个傻子。这事实令我大吃一惊。我想当时支撑我们体重的或许不是沙发腿,而正是那几枚小小的亮光。那一刻我心跳加速,原来世界上有那么一个瞬间,只有倾斜,才能不倒。

生活的重力,以及

连平稳的飞翔也做不到的浮力。这样更加辛苦,但是更有趣。有时这比直立更稳定。闪闪发光。

2005

飘舞的横幅

我在忠清南道瑞山市大山邑大山面长大到十九岁。虽然写作大山，却与我登上文坛时的大山大学文学奖的"大山"没有任何关系。我登上文坛的地方和故乡名称相同，这完全是偶然。

大山面是个很小的村庄，只有一所小学、一个澡堂、一个邮局。这里也是父母的故乡，我在这里读了小学和初中，周末跟着妈妈去澡堂，夹在熟人中间，光着身体打招呼。我出生在仁川，但是三岁之后一直住在大山，所以我把这里当作自己的故乡。

大山比较安静。几年来没有发生一次自然灾害，也没有出过够得上登报的事故或事件。不过大山面也曾有过混乱。就在我登上文坛那年，大山邑被选定为垃圾焚毁场候选地。镇上的人们都关上店门，聚集到瑞山市政府门前示威。其中就有我的妈妈。每天几次，小货车在街头穿梭，大众歌曲和煽动性呼喊从小镇宁静的街头喷涌而出。随后，被大人们称为"车站"的公交站台上高高地挂起了横幅。

誓死反对在大山修建垃圾焚毁场。

下面整齐地挂着另一条横幅：

金××、赵××最小的子女爱烂获得大山大学文学奖，奖金500万元！

如果混在一起读，难以避免地会读成：
"爱烂誓死反对大山垃圾文学！"

挂在反对修建垃圾焚毁场口号下面的关于我的条幅，出自爸爸所属的某个同好会。随着对修建垃圾焚毁场的不安和矛盾愈演愈烈，我获奖的消息从村里的横幅开始，经过《瑞山新闻》，还被大田电视台报道。父母的自豪感也直抵云霄，而我恨不得找个地缝钻进去。听妈妈说，同好会里有位叔叔在众人面前大声朗读《瑞山新闻》上关于我的报道。叔叔含泪的双眼凝视远方，说他从报纸上剪下我的照片，放在钱包里。我被爸爸拉着去了中学，甚至还和校长握了手。校长用力握住我的手说："一定要写给孩子们带去希望和梦想的文字。"村里最有学问、在农协上班的叔叔特意来到妈妈的饭店，找我聊天。

——主题是什么？

"什么？"我这样反问的时候，叔叔用瑞山方言继续说道：

——爱呀，自由呀什么的，总该有类似这种东西吧？

随后，他对数字文化和新生代出现的问题发表冗长的意见，然后就回农协去了。

在光化门教保大厦参加颁奖典礼后，妈妈带着微醉的表情，愉快地说：

——爱烂呀，你知道我去首尔最大的感受是什么吗？

我的确好奇妈妈到底感受到了什么。

——在我们同好会，越是有学问的人，嗓门儿越大，发言最多，可是在首尔，所有人只发出三分之一的音量，说出来的话却很了不起。文化人的确不一样。稻谷越熟头越低，人越成熟越谦虚，看来这话是对的。所以我下定决心，以后也要小声说话。

妈妈腼腆地笑着说，可是我做不到。我回到首尔之后继续写作，庆幸的是，我的家乡没有修建垃圾焚毁场。

三年之后的某一天，2005年忠清南道瑞山市大山邑丁字路口又挂了一条横幅：

金××、赵××之女金爱烂获得第三十三届《韩国日报》文学奖！

因为村里这些纯真的长辈，我突然就成了第三十三届获奖者。应该是传播过程中出了什么差错。我不是第三十三届，而是第三十八届的获奖者。我查了一下，第三十三届的获奖者是河成兰[1]作家。妈妈打电话诉说苦恼，我总不能回去爬到电线杆上，把三改成八啊。与此同时，村里又传出"爱烂当选新春文艺[2]"的谣言。妈妈按照我教给她的说法，认真地向村里人解释"《韩国日报》文学奖"。听完妈妈的解释之后，人们纷纷点头说："哎呀，所以说爱烂通过《韩国日报》新春文艺登上了文坛。"这样说完之后，他们还复印了《韩国日报》的

---

[1] 河成兰（1967— ），韩国作家，代表作有《隔壁女人》《札幌旅店》等。
[2] 新春文艺是韩国特有的文学新秀选拔形式，通常由各大报纸在年底征稿，第二年新春之际公布评选结果，入选者被视为开始文学生涯。

报道分发给大家。有人让我的父母请客，还有人挑毛病说女儿的脸拍得有点儿奇怪。获奖消息很快在《瑞山新闻》上刊登，我接到了邑长的鼓励电话。

坦率地说，当时我有点儿受不了这种来自家乡的大惊小怪。这让我感到难为情，而且得到这么多的关注，我莫名地感到惭愧。现在，我只觉得这是一段时间里温暖的躁动。长辈们认为村里的孩子有出息，而自己也是村里的一员，这是值得骄傲的事情。这样说来，我算是阴差阳错得了两次奖，不过对第三十三届获奖者真的很抱歉。一个是《韩国日报》颁发的，另一个是大山邑颁发给我的特别奖项。至于是第三十三届，还是第三十八届，这又如何？

2005

副词和问候

　　我使用副词。有时一句只用一个,有时也会使用两个或两个以上。当然,有时也会一个都不用。我使用副词。我在使用副词的时候想,"我应该不使用副词。"我删除副词。副词是最先、最多被抛弃的词。有了副词,语句的档次似乎就会降低,语言的真实性和紧张感也会变弱。关于副词的危险性,优秀的文人早就警告过我们。我经常被副词牵绊。如果看到副词被浪费,我也会不由自主地对语句进行修改,然后再读。先是读原句,再把副词删除试一试,结果总是后面的效果更好。看着副词缺席后的位置,我才想起我的句子原来是有副词的。副词不会原封不动地停留。"副词",我念出声来。这个名称自带的语感就很无聊。

　　我被副词牵绊。副词让我感觉很别扭。不过,我似乎是喜欢副词的。我很小声地说出这句话。写作的人说出这种话需要勇气。我"相当"喜欢副词。我"非常"喜欢副词。我"特别"喜欢副词。绝对、第一、最、果然、真的、怪不得、颇为,都是我"十分"喜欢的。登上文坛以来,像这样尽情地在某个句子中大量使用副词还是第一次。心情"真的"很愉快。

当然我也知道,副词是有缺点的。比起"我真的很爱你",我更喜欢"我爱你"这种说法。不过我又说不清哪种说法更接近真心。我们常常希望自己的真心能得到传达,却又希望能够表达得老练。如果说"我真的很爱你",就会显得土气或单纯,或者爱得急切。副词之中包含着急乎乎指手画脚说"那个!那个"的痕迹。副词无法说明那是什么,只能说"那个!那个!"那不像是解释,倒更近似于冲动。虽然有力量,却不够细致。副词不像动词那样充满活力,也不像名词那样简单明了。就像明明没有丝毫的实践能力,却总是吹牛,动不动就离家出走的小舅舅。副词是夸张的,副词是无能的。副词不像名词和动词,无力撑起自己的名字,因此它轻盈地飞起,在空中画出长线,然后顾左右而言他,"虽然不知道是什么,但就是那个。"副词里面包含着无论什么都可以轻松说明的安逸,以及除此之外没有其他办法可以解释的艰难。"真的""颇为""非常"努力,但还是很郁闷、很无奈的感觉；语言注视语言的感觉。副词是一种酷似心灵的词性。

有时使用"第一""最"等最高级会感到愉悦。这时我感觉自己在说一个"非常"真实的谎言。因此我常常放弃其他方法，使用单纯而无能的副词，依赖于它的无能。副词并不严肃，立刻脸色一亮。有的副词也很正直。副词就像某个中学生，走向会打架的同学，双手交叉在胸前，周围是夸张、吹牛、谎言和阿谀奉承。我使用谎言，但是我也会绞尽脑汁，删除几个副词，让它们看起来不像谎言。有人在语法论文中这样写道，"副词是通向地狱的捷径。"如果说地狱的特征之一是"无聊"，这大概只说对了一半。副词不能使世界变得优雅，却也能让世界变得有趣，为世界增添韵味。有副词的地方不是地狱，而是匆忙而复杂，不可思议的世界，是无法使用流畅表达，只能猛然间吐出副词的俗世，是在俗世里写成的小说。我为副词辩护。"超级"开心。

2006

我的起源，他的恋爱

生于 1953 年，也就是南北休战协议签订那年。在"正来"不叫"正来"，而叫成"赠来"的忠清南道农村长大，和高兴起来就叫比自己大三岁的配偶"赠来呀，赠来呀"的女人结婚。每到节日，就可以看到名为民来、必来、一来、青来、莞来、成来、允来的灵长类聚集在老家客厅里给祖先行礼的场面。与此同时，还可以听到"来"字辈男人的妻子们围坐在一起，骂义城金氏的声音。这当中数我妈妈的声音最大。

身高 173，体重 73，年轻时什么都吃，黑鱼也好，蛇汤也好，什么对身体好妻子就做什么，却总是胖不起来，可是一过四十自然就发福了。他本人心满意足，认为这是适合年龄的风采，我却还是更喜欢爸爸年轻时的样子。我不知道他是因为善良而看上去贫穷，还是因为贫穷而显得善良。照片上的青年露出一副不知道将来会发生什么事的面孔，冲着相机露出笑容。温厚的目光之中蕴含着对未来的隐隐的乐观。虽然这是我出生之前的事，可我似乎知道爸爸为什么笑。因为我看到了站在爸爸身边的妈妈和姐姐。妈妈像脱北少女一样美丽，一岁的婴儿漫不经心的，看上去软软嫩嫩。

爸爸和妈妈第一次相遇是在1977年。爸爸的朋友在附近小学做勤杂工，这位勤杂工又是妈妈朋友的侄子，于是双方就做起了媒人。见面场所就在妈妈故乡独串里小学门前的店铺里。四个人点了饮料，坐下玩"吃蹦"。我问妈妈"吃蹦"是什么，妈妈淡淡地告诉我，就是打牌。爸爸对妈妈一见钟情。妈妈对爸爸却没什么感觉。那天，尽管妈妈说不用，爸爸还是坚持送妈妈回家，之后经常通过卫兵给妈妈送纸条。大部分内容都是几点钟在哪里见面。妈妈有时去，有时不去。被妈妈放鸽子的日子，爸爸就气呼呼地倒头大睡。两人主要是在傍晚时分的海边见面。这段海岸线很偏僻，如今已经建成了现代重工业区。六个月的时间里，爸爸连妈妈的手都没牵过。妈妈觉得这个男人要么是高手，要么是白痴。他们陆陆续续见面。妈妈喜欢爸爸的坦诚，爸爸喜欢妈妈的漂亮和活泼。腼腆的爸爸终于在酩酊大醉之下猛然抓住了妈妈的手，说道：

"赵小姐,考验一个人不需要这么久吧。请你相信我金正来,我绝对不会让你失望。"

说完,爸爸把胃里的东西都吐了出去。妈妈看他这个样子很是心疼,决定接受他的心意。我算什么,凭什么这样折磨人家,和钱、名誉相比,爱情难道不是更重要吗?哪怕以后他只爱我这么多,我也可以冲着这份爱继续活下去……

"然后呢?"

"当时我只觉得你爸爸可怜,就没想到他现在这样喝酒,以后还不知道会喝成什么样子呢。"

一年后,爸爸去仁川的小型电器公司上班,自然疏远了留在乡下的妈妈。本来还要继续疏远下去,可是妈妈在和外公吵架之后,去了爸爸的出租屋,翻看了爸爸的日记本。这个举动埋下了祸根。妈妈一页一页地翻看,心也随之被撼动。爸爸的日记里充满了对赵小姐的思念和爱恋。部分原因是第一次在他乡生活的孤独。妈妈被爸爸的诚意打动,眼泪汪汪,"我算什么,凭什么这么折磨人家。"于是就在那天夜里,他们稀里糊涂地制造出了我的大姐。爸爸在写日记的时候绝对想不到文学还有助于繁殖,结果的确是这样。有了第一次之后,我和我的双胞胎姐姐也相继来到人间。

也许那正是爸爸一生中最幸福的时光。尽管我不太了解详情，不过看父母那段时间的照片，我也能感受得到。三十年前的爸爸脸上流露出真心热爱人生的表情。公司午休时间，爸爸连饭也不吃，而是回到新婚的家里看妈妈。他怀里揣着红豆包，生怕变凉，一路小跑到水道局山顶。爸爸碰都不碰红豆包，只是盯着妻子吃。回公司时，在房门前、厨房门口、走出大门时，三次转身注视妈妈。妈妈对爸爸还有很多不了解，然而就在那个瞬间，她觉得自己似乎可以完美地理解爸爸。通过三道门的瞬间，将有什么样的人生出现，爸爸自己大概也没有想过，更不会预料到来自小小偶然的大型事故，或者伤痛、人生的困顿。不过，我非常喜欢父母爱情故事中"三道门"的部分。我喜欢这个青年不断回望的脸。当时爸爸又一次对妈妈说，自己的心以后也不会变，请相信。我知道这是真心话，不过刚刚迎来更年期的妈妈却哈哈大笑着说道：

"哎哟，哎呀，现在别说三次，每天能看我一眼，我都别无所求了。"

不，这也不必，只要按时回家就很好了。妈妈常常对人生感到失望，然而我知道，妈妈说起当时的事情，神情会变得明朗。有一次，爸爸被误诊得了"不治之症"，上了急救车（村里人都传言说"正来"要死了），去往首尔的路上，妈妈一直坐在爸爸身边放声大哭。我不知道爸爸病得有多严重，只记得那年冬天，别人送来的芝麻糊和松仁粥堆在阳台上，我吃得津津有味。

总之，因为有这样一位战士，我才得以出生。爸爸的饮酒和日记，妈妈和外婆的关系，一九七〇年代全国掀起的工业化浪潮，一对恋人并肩而坐的夜晚，海边的风向和月光的角度，大姐生病，父母的不安和担忧，再生个孩子的计划等等，混合交织，甚是荒唐。

计划总是容易出现偏差或扭曲，这对贫穷的夫妻只想再要一个孩子，上帝却赐给他们一对双胞胎。现实的妈妈，提出抛弃一个的时候，浪漫的爸爸却说，绝对不可以。这点我也从没有忘记。这样的选择符合无所顾忌地说出"以后也绝对不会变"的人的风格。妈妈感叹好话都让爸爸说了，担子却落在自己身上。但是，当邻居问"这是谁呀？"另一位长辈回答说"哦，正来的女儿，是一名作家"的时候，我会不由自主地点头。

2009

语言的弱点

尽管铅字里印刻着残忍和无可奈何的幽静,"语言"中还是常常带有奇怪的滑稽。就像穿戴整齐,走着走着却摇晃起来的语言的不完整性。语言像个种子,为了更好地繁殖而下决心变得不完整。

伞状的"不"字贴在完整身边,给完整制造出阴影,我刻画这样的风景。如果乘坐总是滑离指示对象的语言,试图去往别的地方,"不"字又和"木"很像。这个"木"或许就是我们熟知的那个木。这里不是乐园,我很开心。幸好人与人之间交流不是很畅通,语言也并不纯洁。

作家们勤劳地在这些语言周围乱转,轻柔地抚摸人生固有的陈腐,抚摸它的脊背,偶尔在语言的摇摆中发现新的节拍。

2006

玩　牌

爸爸和妈妈第一次见面是在松房里。"松房"是忠清道方言，表示店铺。我也是第一次从妈妈那里听说这个词。如果卖鱼，就说鱼店，卖被子就说被子店，为什么直接就叫"店铺"呢？我这样问的时候，妈妈搜索着少女时代的回忆，说道：

"那是因为……什么都卖。"

卖酒，卖笔记本，有人要求的话还可以煮面条，消化药、肥皂什么都有，大多位于小学门前。根据妈妈的说法，我猜测所谓的松房大概是集文具店、小卖部、面食店功能于一身的地方。换到现在来看，会不会就是快餐和圆珠笔、长筒袜和冰激凌都卖的便利店？只不过要简陋得多，朴素得多。总之，在三十多年前的一九七〇年代末，忠清南道瑞山市大山邑独串面独串里的一家松房，准确地说，是在松房一角的暖炕房里，妈妈和爸爸在那里相亲。

"什么？"

同时接触到"暖炕"和"相亲"两个词，我忍不住提高了声调。两名发起人，两名当事人，四名年轻男女围坐在狭窄的暖炕房里，尴尬地打招呼。想象着这样的画面，我都觉得难为情。怎么说呢？这就像来自不同国家的作家围坐在日本传统"暖炉桌"周围，铺上毯子，吃着橘子，认真谈论文学的场面。某人感觉到屁股变暖，靠在以难缠著称的老作家肩上睡着了；某位巨匠的拇指上沾了橘子汁……我问他们四个人在那个房间里做了什么，妈妈说"吃蹦"。这又是什么东西，我沉默了。看来今天是学习新词的日子。那个听起来并不高尚，还带点儿隐晦的词，其实是花斗牌的一种。妈妈告诉我。

"什么？"

我的话尾音比刚才听到"相亲"的时候更加上扬。这么说，你和爸爸第一次见面就玩牌了？妈妈天真地回答说，不是茶馆，也不是电影院，在乡下没什么可做，无聊，所以就打牌了。听她的语气，仿佛这个问题根本不值得问。当时长辈们在玩 GO-STOP①之前要玩花斗，年轻人主要玩"吃蹦"。这里的"蹦"就像西方的 ONE-CARD，只

---

① 韩国传统的纸牌游戏（花斗或花图），十九世纪从日本传入。基本玩法是三人按逆时针方向出牌，遇到相同花色的牌则拿走得分，达到一定分数后选择继续进行（GO），还是终止游戏（STOP），游戏因此而得名。

用七张牌玩。那天，初次见面的爸爸和妈妈认真地玩了两个小时的"蹦"。输的一方要请赢家吃饭。"那么谁赢了？"我问。妈妈得意扬扬地回答：

"我。"

爸爸给女人们买了煮鸡蛋和麦芽糖。不知道爸爸是真的输了，还是故意要输，反正那些都是松房里卖的食物。听完妈妈的故事，我做了这样的总结：

"很久很久以前，广阔的海边住着一名青年和一个姑娘。两个年轻人在松房里第一次见面，打牌。打牌赢了的姑娘吃了青年买的麦芽糖。"

那天小小的失败是开始，直到现在爸爸也从未赢过妈妈，至少表面看上去是这样。

相亲结束后，爸爸大概看上了妈妈，提出送妈妈回家。妈妈却说："这条路我很熟，我自己走。"爸爸迟疑片刻，犹犹豫豫地跟在妈妈身后，说不清楚是送行，还是跟踪。从那之后，两个人就开始了消极的约会。妈妈一会儿同意见面，一会儿又说不行，总是退缩。爸爸为此吃尽了苦头。在没有茶馆，没有面包房的江村，他们的主要约会地点就是夜晚的沙滩。没有路灯，四周漆黑的海边，哗哗……哗哗……爸爸和妈妈听着滚滚的波涛声，茫然地注视着灯塔的光。很长时间之后，两人再次见面的时候，还是默默地注视夜晚的大海，然后拍拍屁股上的沙子离开。不知道是在什么地方，又是从什么时候开始，他们终于心有灵犀。也许就在某个瞬间，他们玩牌玩腻了，开始寻找别的游戏。这个游戏不是别的，就是爱抚彼此的身体和亲密交谈。这是我的猜测（妈妈越过了这个部分，但我猜得出来）。起先因为羞耻而惊讶，后来总是想要确认那种羞耻感，反复了几次。几年后，两个人终于走到了一起。大女儿出生不久，他们又抱作一团。在游走于两人之间的呼吸里，在吹牛和承诺里，在劳动和乐观里，我出生了。大嗓门儿、勤劳能干的妈妈和沉默寡言、会唱歌的爸爸的三女儿，来得有些稀里糊涂。我像别的孩子一样会坐了，会爬了，会走了，会跑了，我哭，我笑，我牙牙学语。有一天，我长大了，成了小说家。

比起年少时就会玩"蹦"的爸爸妈妈，我到现在还不会玩 GO-STOP。也不是没有机会，只是当我手里握着丹枫、松鹤或黑胡①的时候，我会仔细盯着看，然后猜图案，仅此而已。父母仍然可以从打牌中感觉到特别的快乐。据我了解，论实力爸爸更胜一筹，只是妈妈的速度

---

① 韩国花斗牌上的花色，不同的图案代表不同的月份。一般而言，1月是松鹤，2月是梅鸟，3月是樱花，4月是黑胡，5月是兰草，6月是牡丹，7月是红胡，8月是空山，9月是菊花，10月是丹枫，11月是梧桐，12月是雨。

更快。尽管每个村的规则和文化都有所不同,当我看到村里的阿姨们打牌的情景,我还是不由得瞠目结舌。且不说她们洗牌、发牌、收牌的手法,单是出牌的速度就快得令人目不暇接。那么短的时间里,怎么能猜出对方的牌,再算出自己的点数,然后对形势做出判断呢?我百思不得其解。村里的阿姨们都像长期专注于某件事,最终到达某种境界的匠人,像故事能手或说唱能手之类的"能手"。也许会有人咂舌,"怎么会有如此轻妄的女人?"试想,在没有像样的文化设施的乡村里,村妇们又能用什么来找乐子呢?当你这样想的时候,也就不难理解了。这样的乡村风景成为日后我写作小说的底肥,比如下面的场面就是来源于此。

出于补偿心理,妈妈经常去赌场。赌场设在美容院或酒吧,周围都是些为了充当大姐大而隐瞒年龄的女人。当然,她们会提前藏好鞋子。后来,一个阿姨的情人向派出所举报了她们。阿姨每天打牌,不跟他约会,一气之下他就报警了。听到警察敲门的声音,"牌友们"慌忙四散。妈妈双手握着现金,在田埂小路上跑着跑着摔倒了,一身泥巴回到家里。①

---

① 引自金爱烂《刀痕》(《滔滔生活》),文学与知性出版社,2007年。——原注

那个慌慌张张"双手握着现金，在田埂小路上跑着跑着摔倒了"的女人就是我妈妈。尽管父母在打牌方面才华横溢，我却没有丝毫的天分。抓石子和跳皮筋也不会，数学从小学四年级就感到吃力。在初中家政课上，我因为做不出一件上衣而差点儿疯掉。不过，我从小就喜欢像猜牌似的嘀嘀咕咕说个没完。大概是七岁那年，家门前开了磨坊、洗衣店和肉店。闲暇时候，几位店老板就坐在店铺门前，拉着路过的人们闲聊解闷儿。无聊了，他们也把还没上学的我们（经常和我穿同样衣服的我的双胞胎姐姐）叫住，让我们唱歌，讲故事。那时的故事并不是有情节的真正的故事，而是近似于索然无味的对话。长辈们似乎喜欢听我们那种肤浅的回答。不久，我上了学，学会了识字。我学会了用文字记下轻盈敏捷却容易分散消失的声音，留在纸上。14个子音，10个母音，印有24个字母的卡片就是我的工具。当时我感觉到的某种惊异、乐趣和兴奋，后来都如数渗透到了我的小说里。

如果有风，我心里的单词卡就会轻轻翻动。那些词语犹如被海风吹干的鱼，缩小我身体的尺寸，却拓宽了外部的边界。我回想起小时候最早念过的事物的名字。这是雪。那是夜。那边是树。脚下是大地。您是您……我身边的全部事物都是先用声音熟悉，再用笔画拼写。现在，我偶尔还会为自己知道那些名字而惊讶。①

每当我写新的作品时，都会先用我拥有的有限卡片配对，选牌，然后铺在"空白文档"里。随后，我测量每个字母的声音、含义、温度和质感，考虑它们组合起来制造出的偶然和节奏、叙事的合理性。与语言搏斗，我经常败下阵来，然而这失败屡屡将我引向新的世界。经常被呼唤的名字就是我的"家人"。我的父母受教育不多，每次写"家长信"都要绞尽脑汁，头疼不已，然而我说出的第一句话、一辈子要用的话，都是他们教会的。当然，我用跟父母学会的话语写家庭故事，并不总是顺利。反而每次都会觉得自己无法真正理解他们。讨论"城市"的短篇也好，"衰老"或"语言"题材的小说也好，我常常面临无法言说的尴尬。比如，一辈子不停犯错、家庭地位越来越卑微的爸爸，为了给频频犯错的爸爸善后而变得坚强乃至粗鲁的妈妈。所有的事情都过去之后，子女们一个个离开，他们两个人会做什么呢？年纪大了，他们的眼角开始下垂，声音也变低了，每天傍晚都面对面玩"二人 GO-STOP"。和初次见面时一样，在没有电影院，没有舞厅，也

---

① 引自金爱烂《我的忐忑人生》，创作与批评出版社，2011年。——原注

没有文化中心的村里，太阳一落山就只能呆呆地看电视。除此之外没有别的事情可做。有一次我打电话报平安，听到电话那头传来啪啪的打牌声，我就明白了。从前有孩子们吵吵嚷嚷打闹跑跳的客厅，现在铺上了浓浓的黑暗和沉默，只剩下两个悯然的人。如今爱与恨都被稀释，他们偶尔会用怜悯的目光注视彼此。为了节省燃气费，客厅里的锅炉没有开，他们铺着军用毛毯，蜷缩在地。赢钱的经常是爸爸。年轻时可以故意输，现在再也没有理由输钱了。尤其对于老年人来说，钱是不可或缺的物品。有趣的是，每次我打电话的时候都能听到妈妈笑，问她为什么，她说"你爸爸总骂我"。我知道在牌桌上可以听到任何地方都难以听到的令人面红耳赤的粗鲁话，可没想到我那斯文腼腆的爸爸竟然也会这样。不过在我看来，更奇怪的是妈妈。每次挨了爸爸的骂，妈妈都用同样的话反驳，同时像个疯子似的哈哈大笑。仿佛自己因此而感到开心，仿佛早就等待对方这样对待自己了。听妈妈说完，我摇了摇头，"世界上难以理解的事情太多了。"也许很多夫妻在床上的情况都差不多吧。自从在松房里第一次玩"蹦"之后，一起生活三十多年却从未赢过对方的人也许并不是爸爸，而是妈妈。

写到这里，我也想暂时放下字母卡片，跟父母玩玩牌，用小时候偷学到的知识，通过纸牌算命。梅鸟代表恋情，樱花代表旅行，黑胡代表忧愁，松鹤代表消息。我拿到的牌有三张，樱花、牡丹，还有菊花。如果把三张牌的图案放在一起解释，就是这样的：

——在旅行地遇到朋友，需要喝酒。

算命原本就很难解释，可我还是感觉这几张牌仿佛是向我预告需要紧急处理的事情。我失魂落魄地望着远山。每次在陌生城市见到子女，都会闷闷不乐地说"现在我已经无法决定任何事情了……"，经常看子女脸色的爸爸，因为经济实力配不上与生俱来的自尊心而暗自沮丧；面对艰难的人生路，面对子女们的好意和关心，怒气冲冲地说"这条路我很熟，我可以自己走"的妈妈……我想向他们保证，我知道了，您路上小心。不过我会静静地跟在后面。我每次都会比他们晚到一步，但我会一边写作一边努力追赶。这就是我的过去，从某人难为情的"蹦"中挣脱而出，走向"小说"这种像模像样的"说假话"。

2013

初 冬

冬天到了。初冬。我用文字写下来，用嘴巴呼唤。初是汉字，冬是我们的固有词。初意味着"最早"，同时也有"刚刚"的意思。我用舌尖触摸"冬天"这两个字眼儿。"ㄱ"（韩文"冬"字的第一个音节）的形状和舌头形状相似，这个原理使我对祖先生出几分敬意。我用嘴唇和舌头、下颚和声带以及心灵，感受我们语言的秩序。"冬天"在古语中是"格斯尔"，词根是"在家"的意思。也就是说，冬天是"待在家里"的时间。盖着毯子听故事的时间；黑夜变长，孩子愈发乖巧，听不够故事的时间；从古代流传下来的故事不断变化，不断得到补充的季节。冬天是这些日子的名字。

初冬。像初春、初夏一样，额头上刻着"初"字的风挥舞着绿色的长带子，走过我们面前。身体最先察觉到季节的变化。我们仍然生活在以太阳、星星和月亮的运行为基准划分的时间里，这让我感到奇怪和欣喜。有时划分二十四节气，有时用遥远国度的神灵之名划分，这个季节，有很多名字，真好。划分的"间隔"很多，真好。语言通常和自己的名字很像，但是"冬天"发音的时候，嘴巴周围并没有变得干瘪。语言不怕冷，真好。它强调的不是"寒冷"，而是"待在家里"。对于严寒、荒凉和死亡的季节不要恐惧，回家聊天去。一边吃着烤栗子，一边说话，以这种方式熬过假死的时间。这是很久以前把冬天称为"格斯尔"的人们总结出来的。

初是"最早"，也有"刚刚"的意思。这个冬天是我多次迎来的冬天，是理所当然却又并不熟悉的冬天，是"刚刚"迎来的冬天。为了让这个事实显得不那么特别，地球心甘情愿又转了一圈。以后的很长时间里，恐怕还是会继续这样下去。

2009

拥抱时分

想象很久以前,比我年轻的妈妈和爸爸接吻的夜晚。我试图描绘没有路灯的漆黑夜晚,电闪雷鸣的夜晚,到处是蜿蜒小路的三十多年前的乡下村庄里真正的寂静,真正的黑暗。妈妈看不清爸爸的脸,爸爸看不清妈妈的脸。他们都知道对方就在那里,久久地拥抱。他们做的是黑暗中可以做到的最有意义的事。黑暗保护他们不必受到流言蜚语和众人耳目的困扰,这让他们安心,在雨中一直拥抱。

谁都无法知晓什么事将会发生,或者什么事不会发生。正巧村里一位叔叔去盐场排水,急匆匆走过他们面前……在路中间和他们撞了个正着。那位叔叔在黑暗中也分辨不清方向,没想到那里会有人。叔叔像见到鬼了,吓得连连后退,嘴里大声喊叫。他用木讷的忠清道口音接连说道:"谁呀?谁呀?"然后像盲人似的,慌里慌张地逃得远远的。

妈妈是本地人，一听声音就知道那位叔叔是谁，但她一动不动地在那里站了很久。仿佛他们本来就不是人，而是黑暗本身。她和身边的男人屏住呼吸。从那之后，每次偶然在村里遇到那位叔叔，心里都会感到难为情，然而那天的事他们从来没有对别人提起过。

我是几年前听妈妈说起这件事的。中秋节从外婆家回来的路口，妈妈和爸爸曾经相拥的地方。那个地方距离外婆家门口不远，我从小就常从那里路过。雨夜我的父母站过的地方盖起了二层洋房，听说那里真的闹过"鬼"，一直租不出去。在那栋房子前，妈妈咯咯地笑，谈论"去放水"的叔叔。

"他不停地问，谁呀，谁呀？我也没出声。"

很久以前，一个姑娘和一个小伙子分开之后独自走过的路，那天我们五口人一起走过。总是因为相似的问题争吵，因为相似的问题互相怜悯，因为相似的问题而不能分手，厮守终生的夫妇，和三个爱哭、爱吃的孩子。在那个没有雨，没有雷声的晴朗的冬夜，我们就这样一起走了出来。我不记得那天的月亮是不是倾斜。只记得那天是中秋，天上挂着最大的月亮。像白花一样惹人喜爱的月光、路，以及故事的繁殖，走进去的路和走出来的路竟然是相同的，这真是奇怪的事实。

回家的路上，我把头探到出租车窗外，享受着轻柔的风。我想象很久以前的花开时节，拥抱时的那条路，浓浓黑暗中的我。从顺序上说，大姐是第一个，然后是我的双胞胎姐姐，然后才是落后双胞胎姐姐五分钟的我，可是不知为什么，我感觉当时我比爸爸和妈妈更先一步到达那条路。一个生命出生之前，早已经到达无数的边缘，无数的悲伤而又美丽的"时分"。当我想起几十年前、被莫名其妙撞倒的叔叔在地上摸索着问"谁呀？谁呀"的那个夜晚，我想大声说："是我！是我！"

后来，我明白这些语言和文字来自于我小嘴巴里的黑暗，来自于我的父母勤劳地为我泡过的饭粒流下去的那个洞口。我凭借饭的力量呼唤他们的名字，讲述他们的故事，这让我感到喜悦，也感到悲伤。我口中的黑暗和父母相拥之夜的黑暗长长地连在一起。我突然想起李孝石老师小说里的一句话：

"毛驴呀，我因为想着毛驴，结果脚下踩了空。"

我要表达我的谢意，向仍然不知道那天撞到的"东西"是什么的盐场叔叔,向使得故事更像故事的所有世间人,向整天犯错的许生员①,向曾经比我年轻的妈妈和爸爸,向曾经和我同龄的爸爸和妈妈,向比我年老的妈妈和爸爸。

2015

---

① 许生员是韩国作家李孝石名作《荞麦花开时》里的人物。

身体和风

我以为自己已经长大了,然而身体还是不断地变化,最近格外明显。毫无预兆出现的痦子,突然变得碍眼的茧子,自己变换形状的奇怪疤痕,因为陌生而不停揉搓,结果变得更大的斑点……就像每天的照明和风向都不可能完全相同,我的身体每天也不相同。

我曾经担心,如果把知道的故事都写完了,以后该写什么呢?那时我傻傻地以为身体和文章都会一成不变,我不知道一个词从身体经过之后会具有截然不同的含义。自以为了解的语言,轻而易举点头的语言,偷偷删除的语言……追随消失的标识牌重新走一遍以前走过的路,仿佛有些面孔衰老的叙事在远远地招手。

在不安和诱惑之间,在怀疑和疑问之间,直到现在我依然会梦见失去面孔的人在地上摸索。肉体成为肉体，这个事实常常令我难堪，也让我觉得踏实。

原以为写得越多，知道得也会越多，可是和握在手里的答案相比，更多的却是疑问。世间的痛苦大都来自于无数的疑问，这样理所当然的事实，我这个从事写作的人却是现在才明白。最近我常常惊讶于一些理所当然的东西，希望以后也还会这样。

三十，
我愉快地尽情膨胀，
站在我身旁的父母却日益干枯，他们跟着我笑。

记得一个凉风习习的傍晚，在盛夏的火炉边做完生意的妈妈说："就算有人过来打我耳光，我也会笑。"劳动之后满是汗水的身体，迎来当年第一个换季时节的风，妈妈的神情豁然开朗。有时我希望自己的文字和呼吸能够成为妈妈的一缕微风。

仿佛凝视着起风的等压线，
我怔怔地注视着冒出文字的指尖的指纹。

2009

第二部 和你一起呼唤的名字

庆祝生日

第一次接到祝贺电话的时候,我思绪万千。最先浮现在脑海的就是这段时间经常见面的编辑部老师们的面孔。其次想起的是2003年1月,麻浦办公室里的情景。登上文坛之前为了修改即将刊登在杂志上的短篇小说,我和其他获奖者一起去过那里。这已经是十四年前的事了。

当时季刊杂志组发给我的邮件中这样写道,"在麻浦站下车,从1号出口出来,沿着大农大厦向新水洞方向步行大约150米,对面可以看到汉拿水产,建筑物里面三层"就是"创作与批评"。我有生以来第一次去出版社,比我想象中简陋得多,这让我大吃一惊。

"啊,原来创批很困难。"

"这么穷的出版社请我吃饭,我可以接受吗?"当时只是大学生的我为此担忧。我没想到几个月后,创批社就搬到坡州了。

那天我在创批社的停车场里拍了简历照片，和内向的编辑部老师们在例行公事的气氛中共进午餐。不久之后，位于汉拿水产三层，我只去过一次的创批社真的消失不见了。我在此之前登上文坛，算是同龄人中为数不多去过麻浦办公室的人了。

一月份完成登上文坛的作品《不敲门的家》的修订，二月份和大山大学文学奖获奖者们一起踏上欧洲之旅。半个多月的时间里，我看了"伦敦眼"，看了埃菲尔铁塔，心潮澎湃，然而更强烈的感受却是快点儿回韩国。原因只有一个，那就是快点儿触摸刊登我的小说的杂志。

那年春天，我买了好多本杂志，送给身边的朋友。一本寄给了在加拿大艰难学习的大学同学。我记得我在邮寄箱子里放了一条那位同学喜欢的桔梗烟和一本《创作与批评》。不是菲利普·莫里斯，不是万事发，而是桔梗烟，不知道为什么，我就觉得桔梗烟和创批很搭配。包括最近的丽贝卡·索尔尼特①和安达充②的图书在内，创批社出版过

---

① 丽贝卡·索尔尼特（1961— ），美国作家、历史学家，作品有《爱说教的男人》《这是谁的故事》等。
② 安达充（1951— ），日本漫画家，作品有《最后的冠军》《棒球英豪》等。

很多时尚而精彩的好书。

很长时间后,那位同学成了两个孩子的爸爸,烟换成了迪士烟,我也幸运地出版了好几本书。遇到了人生中许多出其不意的瞬间,学到了很多东西,也在丧失中四处碰壁。最近我对幽默有了新的感悟。刚刚登上文坛的时候,我觉得前辈们的故事太沉重,太令人烦闷,于是我想让人们知道,"我不是乏味的人""我不是沉重的人",有时还会为自己的才华扬扬得意。后来我学习历史,也经历了很多事情,渐渐懂得有的时候并不允许开玩笑。尤其是涉及同时代人的死亡时,那就更是如此。如果我的小说里存在一个明朗的世界,那并不是因为我是一个特别健康的人,也不是因为我特别开朗,而是因为前辈们为我打磨出了足以让我胡说八道的空间。我的玩笑多亏了前辈们的真谈做后盾。《创作与批评》等杂志就在这个空间里。

我再次想起麻浦办公室。遗憾的是,当时的风景已经记不清了。我只依稀记得昏暗的走廊和铁制文件柜、旧沙发等简朴的物件。或许是因为我太年轻,以为会永远活着,觉得没有必要重视每个瞬间,没有必要记住。我没想到那个场所会消失,想着以后还会再来,所以只是敷衍地看了几眼。我没想到自己会成为小说家,有一天会在这种情况下以这样的方式回望那个空间。

如果可以重返那个时刻，我想告诉年轻的我，你要好好看看此时此刻所处的空间，以及你面前的人。看久一点，看仔细一点。这样的风景以后再也看不到了，很快就会消失，你要用眼睛和心灵牢牢记住。我想说，即使在同一空间遇到同一个人，也存在无法复制的空气和触觉。不过那时的我还不懂事，大概听不懂这些话，以后还是会犯同样的错误，我不知道二十年、四十年后我会怎样回忆这段时光。每个人分别处于不同的时代，语言和文字的重量都不同于从前，面对的苦恼和挫折应该也不一样吧。

即便如此，在我们这个难得堆积什么东西的国家里，如果有什么要堆积起来，就会有人推倒；看似要堆积起来，却又消失了。在这样的地方，我希望有着悠久历史的杂志能够继续存活下去。希望韩国也有百年、两百年的出版社，希望不止一家、两家，而是很多家。当然还有健康的出版劳动环境。

生日快乐，创批。
五十岁，我还没活这么久，所以无法衡量。我只吟唱我的回忆。

如果不算失礼的话，我想把十四年前写在第一篇短篇的首次校对稿上的编辑部意见读给大家听。

> 我把"房东阿姨"统一改为"女房东"了。感觉作品中的其他女人和女房东有着同样的气场，所以做了这样的改变。这个问题我们明天也可以一起讨论。

很长时间以来，我都以为自己从开始写的就是"女房东"。这样改变之后效果不错，我觉得很庆幸。看到最后那句程式化的"一起讨论"，这对作家来说是多么巨大的力量，多么值得感激，原来有人可以"一起讨论"。这篇贺词就是我的注目礼，献给五十年来和作家们畅谈的各部门的老师们。他们在或生硬或怪癖，或吹毛求疵或温和，或贫穷或孤独的作家们的文章之上行走，"这个问题我们明天也可以一起讨论"。在他们创造出来的半个百年，遥远的时间面前，我想献上我的掌声。

再次祝你生日快乐，创批。

祝福所有人身体健康。

谢谢大家。

2016

夏日心事

我们家的厨房有一扇窗户。那是我们家最小的窗户。小小的四边形窗户里承载着白天和黑夜的风景,每时每刻都不一样,声音也各有千秋。我经常听到的是钟声。

二十多年前,位于贞陵4洞顶层的金衍洙前辈的房间里也有这样一扇"垫板大小"的窗户。借用书里的说法,那是一扇贫穷社区的气窗,"窗外除了教堂的十字架没有任何风景"。也许前辈就坐在那扇方形窗户下,久久地注视某个句子,抄写、删除、重写。偶尔在286电脑的窗口直接画出自己想要看到的风景。也许某个句子被保留下来,刊登在几本书上。

我家附近有一所旧高中。平时只要把门窗都关上,周围就很安静,但是哪怕只打开最小的厨房窗户，也能听到外面孩子们的声音。踢足球时冲着队友大喊的声音，十几个孩子在操场上跑圈时的口令声，放学路上兴奋的叽叽喳喳声，一起蜂拥而来。庆幸的是，大部分声音并不吵闹。有时听不清说什么，只是回荡着传过来。我家和学校之间的距离不远也不近，声音被柔和地碾碎了。有一天早晨，变声期的男孩子们非常认真地唱德语歌曲《我爱你》，当时我正在晾衣服，听着他们乱糟糟的歌声，忽然就悲伤起来。不是真的悲伤，而是笑着悲伤，像很久以前读《青春的文章》①时的心情。通过网络我了解到，家门前的学校建成于 1970 年。

村里的钟声在半空中轻轻扩散，总是给我奇怪的感觉。或许对我来说，早在很久以前，钟声就烙刻在我的身体里，作为象征某个瞬间开始和结束的信号。门前学校的钟声和小时候经常听到的钟声是同一个声音。只有八个音符，单调而慵懒，以降半音的状态发声。它不像筋疲力尽的拳击手必须再次登上擂台时响起的"当"那样直截了当，而是像体操运动员抛向空中的丝带那样发出声音。仿佛摇晃的不是"时间"，而是"时间的边缘"。或许是这个缘故，每当我在毫无防备的状

---

① 作家金衍洙的散文集。

态下与学校的钟声相遇，都会感觉好不容易在体内固定好的篱笆坍塌了。趁此机会，很多东西也都倒塌了。这些蜂拥而至的东西中究竟有什么，我不得而知。像是感情，像是感觉，又像情绪或回忆。唯一可以确定的是从外面进入的某种东西正是我体内准备好的"空间"。不是进来"充满"或"占据"，而是制造出"位置本身"，孤立、宁静而固有的状态。我是什么时候熟悉这种心情，感受到这点的呢？没想到答案一下子就出来了：

——文章，读到好文章的时候。

每天写小说，有一天读到某篇文章，仿佛望着夜空、"突然变得孤独"的人写出来的，就是那个时候。前辈说那时"我只是一下子明白了'写小说'这种行为是什么，短暂体会到了类似于帕斯卡的无上幸福的感觉""任凭岁月流逝，当时看过的夜空，当时感觉到的温暖的孤独都无法忘记"。前辈说的"孤独"或许和那个"空间"相似吧。对我来说，《青春的文章》就是拥有多个"垫板大小"窗户的房子，或者窗户本身。在朝鲜也好，在蒙古也好，在日本或韩国也好，那是作家为了让远方吹来的风能够顺利出入而剪开的四边形窗户。那里偶尔也会传出钟声，像俳句中"离开钟的钟声"。稚气的我们跑步时呼出的气，对异性说过的冒失而令人面红耳赤的话，孩子的笑声，妈妈哼唱的谣曲，一切。时间如水般渗透进来，浸染了现在。某一天，也许

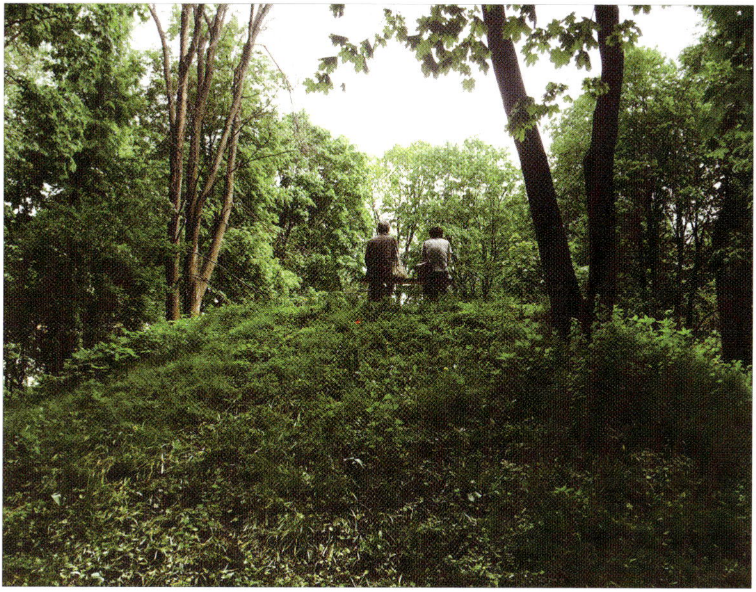

莫斯科托尔斯泰故居花园,

正在畅聊的尹富汉(音)和金衍沫。

我会产生疑问：

——时间是什么样子？

读一个人的文章，就是在这个人的文章中短期居住，然后再走出来。视线停留于文章的时候，这个"停留"和"短期居住"是同样的意思。因为是活着的人在活着期间读到的文章，也是因为共同度过了文章中的时间。在《青春的文章》中，前辈就这样讲述了"自己生活的文章，而不是读过的文章"。读懂某人写了很久的文章，对文章外围做出猜测，同时把自己的故事带入其中。好像自己看到一个词之后，通过肢体动作向另一个人做说明的喜剧演员，夸张地表现出来。这本书里收录的所有文章都是写了两次的读后感。一次是用眼睛和心灵，另一次是用身体和时间。

最近我看了首尔市编撰的口述资料集，其中有这样一段话："爷爷、奶奶、妈妈、爸爸，我从小看着他们生活的样子长大，现在我七十六岁了，可不可以算是活了两百年。"

和所有的事情一样，读书也需要花费时间。这些时间并不仅仅是流走或消失，有时也会膨胀。正如上面提到的金淑年[①]奶奶说的那样，

[①] 金淑年（1934— ），韩国美食专家，著有《韩国泡菜105例》等。

时间与时间嫁接，现在的尺寸变大，这也是常有的事。金衍洙前辈用胳膊丈量这个空间的宽度，好像抱着一棵树，然后把这个"幅度"交给我们。不是在文章近处轻抚和拥抱，而是传递给读者用身体丈量的"姿态"。因而我们明白，李德懋①的时间和崔北②的时间，丁若铨③的时间和金光石④的时间，距离我们的时间并不遥远。

当我在写作时按下回车键，就会变魔术似的多出一张纸。看了某位作家的文章心底骤然一沉的时候，我们的心里生出了空间。在这个洁净的空间里，前人的文章变成我们的故事，我的人生属于我自己。前辈写下的语言又是多么温情，多么有趣。在前言部分，前辈问道："今年我三十五岁了，以后要过的人生会和已经过完的人生相同吗？"后面的《爱，是持续向下流淌的水吗？》我也非常喜欢，其中有这样一段话：

> 我以为要过五六年才能坐在自行车前，烈武出生后的第二个

---

① 李德懋（1741—1793），李氏朝鲜文臣、书法家、实学家。
② 崔北（1712—1786），李氏朝鲜画家。
③ 丁若铨（1758—1816），李氏朝鲜文臣，生于京畿道广州，历任成均馆典籍、兵曹佐郎，弟弟是哲学家丁若镛。
④ 金光石（1964—1996），韩国歌手，被誉为"唱歌的哲学家"。

夏天，我就在自行车前安装了儿童座椅。

在金衍洙前辈怀里"充满好奇东张西望的烈武，当我试图把她放在座椅上的时候，却放声大哭起来"，但是"回到家再让她坐，就乖乖地"坐着，"走出去一段之后，她开始大喊，不停转头"看爸爸的脸。前辈提到了那天的阳光和树荫，淡绿和风，同时又这样补充道：

真是一个美丽的夏天。

"是的，真是一个美丽的夏天。"我点了点头。

去年，我和作家朋友们去金泉。在那个城市的医院里，我看到烈武用筷子形状的长杆整理客人们的鞋子。几年前，前辈获黄顺元①文学奖时，我曾在颁奖典礼上见过烈武的面，此后就再也没见到她。颁奖典礼上有人指着贴在妈妈身旁的小孩子告诉我："这孩子就是烈武。"我记得自己面露喜色，"真的吗？"我知道的烈武就是《青春的文章》中那个两岁的烈武。不知为什么，仅凭自己短暂地见过烈武的第二个夏天，我就产生了错觉，以为自己对这个孩子很熟悉。重逢于金泉的烈武比在颁奖典礼上擦肩而过时长大了许多。我在心里自言自语，"烈

---

① 黄顺元（1915—2000），代表作有《星星》《雷阵雨》等，多部作品入选韩国语文教科书。

武呀，很高兴见到你，你长这么大了？以后还会长得更高，对不对？"大厅内侧坐着金衍洙前辈的妈妈，她喜欢唱《蓝灯横滨》。妈妈身旁坐着哥哥和姐姐，他们大概从小在"纽约饼屋"一起吃着"边角料"长大，做过红豆冰山，卖过圣诞蛋糕。我通过前辈的文章认识了他们。金衍洙前辈给朋友们倒酒，然后去了卫生间，回来的路上弄乱了烈武好不容易整理好的鞋子，对女儿搞恶作剧。对烈武来说，这是第十几个秋天，于我而言却是第三十四个。今年，我三十五岁了。

十年前，三十五岁的前辈在书里这样写道：

> 如果我需要辛苦跨过大海，哪怕只有一次，那也是因为爸爸已经从大海那边跨了过来。

这句话看似简单，然而年龄的增长或许就是一次又一次以复杂的方式去理解简单的话。最近我还明白了另一件事，"我们和某个人一定会相遇两次，一次是彼此年龄相同的时候，另一次是当我到达对方年龄的时候。"同时我也知道，第二次相遇通常更令人愉快。不过这里的"愉快"通常伴随着悲伤。在这个地方，我看了年长我十岁的前辈在十年前写下的文章，发现我们谈论青春和谈论爸爸或许一样，或者和谈论妈妈、孩子没什么区别，抑或是曾经让我们光彩夺目的夏日心事。于是我产生了新的疑问，时间到底是什么样子？人生，生活会以怎样的面孔出现在我们面前？最近我重新翻开这本书，做出这样的回答，"时间就是坐在自行车前面的孩子，回头冲爸爸笑的样子。""在前面回头看的面孔和在后面回头看的面孔"，两个都很像。这是爱惜那些忍住想说的话、少言寡语的前辈，今年春天送给我的礼物。

书的年龄会增长，我的年龄也在增长。这期间发生了许多好事，也有不好的事情。套用金光石的歌词："有时别人离开我，有时我离开别人。"每当这时，我都会遇到很多文章，心情或愉悦，或沉重。大概是雨过天晴的缘故，天气很好。傍晚到家门口散步，呼吸到了久违的清新空气。那个瞬间，我自言自语"这是我熟悉的空气"，同时深深地吸了一口。我熟悉的傍晚，熟悉的季节，熟悉的风。小时候在妈妈叫我吃饭之前，我会在外面玩到很晚的日子的天气。这样看来，时间真的不会流走，它会延续，会重叠。就这样转过头，有时比我先一步走到前面，脸上毫无慈悲地大步朝我走来；有时也会温柔地离我远去。或许我们读过的文章也是这样。如果是喜欢春天，每年都热切盼望春天的作家选择的文章，那还有什么好说的？回到家，挽起袖子，打开厨房窗户，感觉有什么东西掠过我的身边。有什么东西清凉、柔和、愉快、哀婉地扰乱了我的心。我抬头看天空，刚才绽放的烟花正在温柔地降落，在空中画出时间的轮廓，散发出光芒。这正是某人看过很久的文章，某人将要看很久的文章，也就是这里，青春的文章。

2014

冲她吹口哨

看到围墙，我会想起古代的人们。那时候计算年龄这件事并不重要。我想着他们聚集在屋檐下避雨的样子。一边等待天晴一边抽烟，有一搭没一搭说着没用的话，一起呆呆地凝望天空。未成年和成年，老人和孩子在围墙下交谈，结下短暂的友情。交往朴素而舒适，不需要知心。

"小时候一到冬天，不论老人小孩，我们经常坐在围墙下晒太阳。我们就这样度过一天天。现在只有同龄人才会交朋友。这样真的好吗？以前不论年龄，随时都可以做朋友。"

这是今年春天去远方考察归来的姐妹告诉我的。这样说的人是和她相差好几岁的研究生同学。或许回忆多少有些修饰的成分，但是听她这么说，我也感觉舒服了些。写作的时候，我总感觉身边围绕着这样凹陷的围墙。像大多数人一样讨厌某个人,埋怨某个人,关系破裂、分层,这都是事实,然而在写作过程中,我们也会通过作品相识,相互喜欢,也会成为朋友。

片惠英①在最近出版的第二部短篇小说集中写了这样一段话:

作品写完之后,有时反而会有失去一段时光的感觉。这种时候,一起写小说的人就可以相互安慰。和他们相识,完全是因为小说。和他们一起写小说,很开心。

她挑选了很长时间,用并不华丽的语言向同行们致意。"开心"是她在小说中并不常用的词。

在写作家肖像之前,我通常会想到某个画面。我和她隔着一段距离,坐在矮墙下的情景。不是紧紧贴在一起,而是保持距离。互相认识,但对话很少;等待雨停,并不忙碌。她说,这本小说很难写。我说,我也是。她说,又失去了一段时光。一只青蛙跳过来,消失在井里。仿佛会在某人的小说中变成鱼降落。一个男人在那边摸着草屑说,我们经常坐在围墙下晒太阳,就这样度过一天天。

---

① 片惠英(1972—),韩国作家,代表作有《少年易老》《傍晚的告白》等。

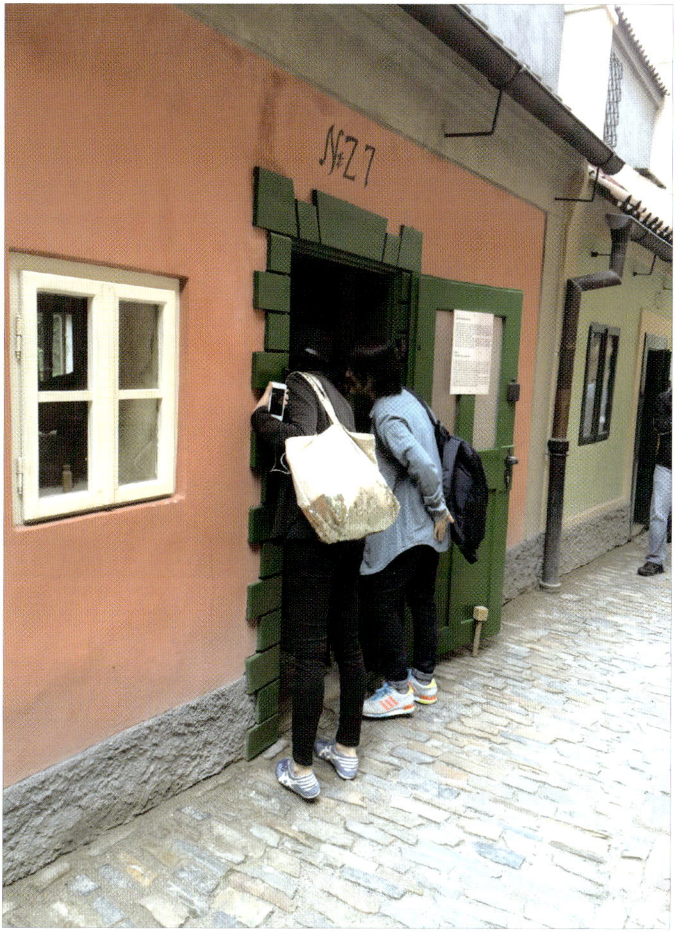
№ 27

布拉格黄金巷,片惠英和尹成姬,附近有卡夫卡的工作室。

她和我相差八岁。我怕算得不对，翻看了简历，的确没错。和她相识三年了，现在我仍然经常询问她的年龄。每次她都认真回答，很快又会忘记。一方面是因为我忘性大，另一方面也是她有让我忘记的本领。本领这种东西，最擅长让人混淆原因和结果。

我第一次见她是在某文艺杂志的聚会上。当时是深秋。她和我都是没发表几篇短篇小说的新人。她来得有点儿晚。那天大概是下班后直接过来。她一走进地下酒吧，我就听见有人低声呼唤她的名字。我记得她坐下的时候，我用目光追随她的一举一动。她身上散发出刚从外面进来的人特有的风的气息。她穿着合身的黑色衣服。不是"贴身"，而是"合身"。只要稍一留意，就会发现和谐与含蓄的成熟之美。从那之后，"合身"的感觉始终跟随着她，从偶尔互赠的简单礼物中，我也能感觉到她恰如其分的整洁。端庄而不乏味。那天她坐在一群陌生人身旁喝啤酒。不是过于认真地倾听，也不是旁观，很端正的姿态，这就是我第一次见到她的印象，公事公办的样子。

几天后，我第二次见到她。几天前我们简单地互通姓名，并在海鲜汤店里留了联系方式。第二次见面让我更紧张，因为那是我们特意约见的。当时还有另外两个朋友。我也算比较注重礼节的人。我们保持着友善地生分。轻轻地笑，偶尔笑出声来，偶尔沉默。在这个过程中，我们终于勉强挖掘出了共同点。我们像在密林中偶遇的陌生部族。我们寻找着不必杀死对方的理由，坐着聊几个小时。总算千方百计找出了八竿子打不着的共同点。尽管我们并没有刻意这样做，可我们的谈话还是以这样的方式进行了。比如"我也是这样"，本来是诗人带着在文坛上感觉到的紧张和羞涩而扮可怜的，而我们却不约而同地说自己胆子小。为了以后有个可以玩得更加真实的空间，需要一个假篱笆，而且总比"我也"借高利贷，或者"我也"得过那种病听起来简单些。

即便这样，我们第三次见面的时候，也不是完全没有尴尬。同样"胆子小"的人们显然无法亲密起来。如果你问我那为什么还要见面，我无话可说，不过世界上真的有很多人明明不知道为什么要经常见面，却一直见面。因为不亲密，所以谁都不先说离开，反而比亲密的人聊得更久；因为不亲密，有时反而会抢着买单。这种买单竞争应该也是原始部落的特征。也许是为了在关系的壁垒上凿个洞，我们选择了最愚蠢、最古老的方式。

第五六次见面的时候，她的第一本书出版了。题目为《三叶葵花园》，内容有些沉重。这部短篇小说集经常出现献血、内脏和垃圾，奇怪的是，读起来却没有潮湿和黏稠的感觉，反而像是洗得干干净净的不锈钢洗碗池。那天她说，我们轮流说出这本书的十个优点吧。

"……这是个奇怪的女人，离她远点儿。"

书的封面不错，作者照片很有气质，感觉像是纯文学作家等等，我们说得天花乱坠。然后又说了些废话，总算说满了十条。第一本书出版，她大概无法克制自己不知所措的心情，需要十个玩笑。

当我们不再计算第几次见面的时候，我才发现她很爱笑。笑的时候眼角愉快地皱起。她似乎并不喜欢，不过她的笑容里藏着哗啦啦的声音，就是摄影师按下快门的瞬间，她的眼睛里发出的那种声音。（外间流传着很多她的照片，最漂亮的还是她的真人，我也一样。）

渐渐地，我们不再制造虚假的共同点，而是说起自己的事情。不是为了亲近而故意倾诉，就像随口说话那样轻松。她说她工作六年了，和研究生院认识的前辈组成学习小组。像很多学习小组那样，他们不学习，每天只是喝酒，最后成了夫妻。偶尔他会鼓励她，以自己的名义设立 20 万元的文学奖，并在客厅电视机前为她举行颁奖典礼。她说她喜欢热水和咖啡，更喜欢白酒而不是啤酒。她说她有打字资格证书，打算去日语培训班。

最近听她说的是虫子的故事。她的第二本书出版那天，我们一起吃饭，然后去茶馆闲聊。我说我和后辈合伙购置的地下工作室里总是有虫子，为此苦恼不已。我还夸张地描述了后辈家里出现的超大蟑螂。根据聊天的接龙属性，她也自然而然地谈起了虫子。当时她处于青春期，事情发生在妈妈去世之后，她自己淘米的时候。葬礼结束没几天，她从米桶里倒出米来，准备做饭，里面有虫子在蠕动。虽说是雨季常有的事，可那不是米虫，而是长长的毛毛虫。正好有人说自己也见过这种虫子。她淘米给爸爸做饭，自己却连续好几天都吃不下家里的饭。这个话题谈论时间很短，我们立刻转入别的话题。她也不是特意要说这些。讨论其他话题的时候，我沉浸在自己的思绪里。盛夏时节，年幼的她身穿丧服，独自在厨房里淘米。想到她看见的虫子，白花花地蠕动的虫子，我的心好痛。

她很会说笑话。表面看似傲慢，其实很潇洒。她不是很爱说话，更善于倾听别人说话。深入到骨子里的体贴和节制，不会主张，也不会强求。无论上班，还是写作，她都勤勤恳恳，从不故作呻吟。有时和别人开玩笑之后，会有种不是对话，而是社交的感觉。和她在一起，感觉却像在家附近轻松地玩抛接球游戏。她有着平静的智慧，那种即便不是主人公也不会消沉的智慧。不过,她也有弱点,那就是不会唱歌。

几年前，我和几个喜欢的人去练歌房。刚刚走进练歌房，她的脸色就变得暗淡。那天晚上，她百般推脱，最后耐不住大家的邀请，唱了一首歌。所有的人都聚精会神地观看，前奏响起，不一会儿，她开口了，低沉而不稳定的声音流淌出来。

"当你想我的时候，请紧闭双眼，轻声吹口哨……"

我在心里感叹着呼喊：

"啊，姐姐的歌唱得真是不够斯文。"

后来问过才知道，那首歌的名字是《请你吹口哨》。那是我第一次听到这首歌。

交往过程中，我很少听她说起从前的故事。我并不觉得失落，只是猜测她内心深处怀着某种"不舍"。正如某位老师用"神也看不见的山谷"来表现人类的心境，不肯轻易表露、有所不舍的作家应该也是懂得珍惜的人。

那个祝贺《去饲养场》出版的凌晨，她罕见地喝醉了，在路上挽起我的胳膊。我有个习惯，一有人摸我，我就会吓得蜷缩起来。那天我没有动，望着她向日葵般敞开的瞳孔，我猜想那个制定 20 万元文学奖的人，大概也喜欢她的这般模样吧。她很少耍酒疯，也不常和别人亲密接触。那天她靠近我，挽着我的胳膊走路。和她并肩走在路上，我心里想，虽然我经常说些温暖的话，但是姐姐或许比我更温暖，更柔软。梦中和妈妈相遇，她会反过来安慰妈妈，到死也不忘安慰别人的女人，拥有即将灭绝的名字的人，常常说自己很开心的女人，惠英姐姐。

写这篇文章的时候，我的脑海里总有个念头挥之不去。我觉得自己对她有太多的不了解。我担心会不会有哪行字是累赘，会不会毁了我们之间朴素的关系。感情越深，越要少表达，不是吗？友情公开得越少越好，不是吗？有一天，我认真思考，如果我和她在同一个地方长大，这篇文章会更容易写吗？比如光州，或金泉。因为年龄存在差异，即使我们住在同一个地方，可能也不会相遇。如果我们读的是同一所学校，那会怎样呢？恐怕也会因为年龄差得多而很难见面。如果在同一家公司上班呢，如果住在同一座公寓？想来想去，结果还是一样。她说得对，我们的相遇完全是因为小说。

独自在围墙下晒着太阳，我想象着未成年人和成年人，老人和孩子一起闲聊的围墙之下的友情。如果真的可以这样，如果大家都能成为朋友,那么两者中更大、更宽广的人,其实应该是长辈一方。

也许有一天感情会破裂,彼此闹僵或感到失望,大声嚷嚷"我看错人了",或者哭着要把《文学村》(2007年秋季号)撕碎,不过那也没有关系。那又怎么样?"花发多风雨,人生足别离。"①

我们又失去了一段时光。所以我们首先应该相识,更多地在一起玩耍。某一天,在神也看不到的她的山谷里,当哭泣加深的时候,哪怕她的故事不再讲给我听,我只希望世间所有的井都张开嘴巴,冲她吹口哨。

2007

---

① 引自唐朝诗人于武陵的《劝酒》。——原注

燕湖[1]观念词典

古希腊

如果有来生，一定想去看看的地方。"我不想有来生，但是如果有的话"[2]，在这样的前提下做出的问答。"撕碎火车票，飞向四面八方"，气喘吁吁跑走的长发济州少年。难怪他身体里的血液每到夜里就发出哗啦啦的波涛声。

歌曲

流行歌曲，从字面意义上看，应该是流行病的一种。

---

[1] 赵燕湖（1969— ），韩国诗人，生于忠清南道天安市。
[2] 本文所引诗句除特殊注明，均出自燕湖的诗集和散文集。——原注

诗人在《文章的声音》节目中，每周都会播放。

温情

出人意料的温情。

方便面

偏爱安城汤面。曾经语气激昂地表达过对带有大酱味儿的酱面的喜爱。

擅长打扫和整理，但是在烹饪方面毫无欲望。

有人在诗人家里第一次吃到"不加土豆的咖喱"，说太难吃了，自己都被吓到了。

万一

"那么，万一"

他经常飘浮其中的宇宙的名字。

他总是充分，同时又渐渐地展示给我们看。

难为情

一条水柱落入燕湖。

燕湖的亲密伙伴说,他写的正文核心就在这里。"因为难为情而不唱歌,这不是修饰语。"①

作为这句话的依据,可以列举他爱笑的事实。他一边为自己经常笑感到难为情,一边笑着。"我本来不是这样的人。"他一边辩解,一边笑着。"笑出声"和"忍住"是同样的意思,难为情。虽然写了好几本书,不论多么努力,还是觉得难为情。

三叶虫

地球上最早出现的有眼生物。最早看到世界的生物。以化石的方式存在。种类很多。腹部的纹好像诗人微笑时皱起的眼角。有一次我想找一本值得读的书,诗人推荐给我的书的题目。不知是否算偶然,很久以前诗人申述,"如果大海问,想不想生出有很多腿的生物?这

---

① 摘自评论家赵康硕的著作。——原注

回我想同意。"

夏季

到达燕湖的季节。

"蚕豆荚变美""生怕对面也像这边一样郁郁葱葱，所以闭上眼睛""关得最紧"却"因为剧烈咳嗽而迅速凋零"的夏季，夏季。

下面是对我提出的"最喜欢哪个季节"所做的回答。

——夏季，特别闷热的夏季。

类似的话还有严格的享乐主义者，严格遵守交通信号灯的无政府主义者。

像亚马孙热带雨林一样青葱茂盛的禁欲。

还有在深渊之夏缓慢地游来游去的鱼化石，巨骨舌鱼。

周围的人们都在窃窃私语，说不知道他有多少岁。

燕子

"夏鸟，濒临灭绝，需要关注，落在电线上，或者边飞边鸣。在建筑物或桥梁缝隙里筑巢。捕食蝉、蜻蜓、蛾子等飞虫。除了落地寻

找筑巢材料,几乎从不落地。被认为是感觉和神经敏锐、聪明的灵物,吉兆。"——NAVER 百科词典

——前辈您的名字是什么意思?
——燕湖,燕子的燕,湖水的湖,是爸爸给我取的。是不是很像画?因为人跟不上。

燕子在傍晚的湖面上时而飞起,时而落下,它的飞行曲线,脚在水面留下的痕迹,在"爸爸给我取的"这句话之上扩散开来的同心圆。波动的尽头,有人把"通往所有傍晚的线"当作礼物"赠送"。

天上美男

天上:忠清道方言,表示不得已、完全、不得不。

常与"英俊"连用。

诗人摆着手,腼腆地说:"现在变丑了。"这种态度里包含着"以前的确是这样"的肯定。

在写作圈,获得同样称赞的还有林和、南真祐、张锡南等诗人。

有传言说,他"近十年在地方政府工作期间",所在部门经常收到投诉,不是因为民怨,而是因为女人缘。

小说家韩裕周①在《偷与藏》中这样解释"燕湖":

把手指放在烛泪里,留下指纹。不要看。褶皱的烛泪表面只刻着一条等高线。有人用白字在上面刻下我丢失的词语。

圣诞节

诗人单身的时候(不知道现在还是不是),和另一位单身朋友在诗里喝葡萄酒,用泡菜汤做下酒菜。邻家朋友经常拿诗人开玩笑,无论以怎样孤独的面孔拉西塔琴,在Y看来,他都只是在圣诞节那天就着泡菜汤喝葡萄酒的男人。

轻易不肯落下的燕子,如果落到地上,会怎么样?

答案:会变可爱。

一起使用的词语有"亲密""亲近""哎哟""天啊"等等。

---

① 韩裕周(1982—),韩国作家,曾获第四十二届《韩国日报》文学奖。作品有《年代记》《关于妈妈》等。

荒唐

读完这篇文章,诗人可能做出的反应之一。烦躁,似乎要说:"嗯,这个谣言很有趣。直译太荒唐。"

咆哮

燕湖不常做的行为之一。

近似于鸟类,而不是哺乳类的原因。

用小小的喙啄农田,在桥梁缝隙间筑巢。

声音处于"来"或"咪"的边缘,总是降半音。

只能这样说,所以就这样说了。

从容不迫的恳切。

像颜色相同的磁铁,像语言和心灵的"极",

近的变远,形成磁场。

幸福

出现在词典最后一页的词语。

下面借助诗人写于很久以前的散文来解释这个词语的真正含义。

　　那时候，我没有房子，没有零花钱，也没有影碟机，在500元一张的盗版碟中，我省下午饭和晚饭的钱，小心翼翼地买下他们的第一张和第二张专辑，走在新堂洞软塌塌的路上。只有一个房间，挖了很多又黑又圆的音槽。我去朋友家听唱片，我觉得这就是幸福，而且深信不疑。

我把这个词语静静地放在燕湖观念词典的最后，暗自开心。

面对着"只有一个房间"，我调整呼吸，想象着二十年前诗人质朴的面孔，落在电线上或是边飞边鸣的夏鸟，燕湖，"诗人不具备拥有希望的权利"的燕湖，这是对燕湖的问候，希望音乐、诗歌、同伴能够成为让你停留的房间。

姓赵，名燕湖。

连呼也好,燕湖也好,

那都是适合风的名字。①

2011

---

① 借用诗人的诗句:"落照也好,落潮也好,那都是适合风的名字。"——原注

在语言周围,寻找口才

有时我觉得您小说中的女人就像我,生存能力强、动不动就看不起邻居的女人像我的妈妈,在丑闻、嫉妒、竞争和温情中重复着反目与和好的邻里正像我们老家的长辈,孩子、青年们也是一样。只要他们在小说里出现,那就会在纸上持续发出脉搏声,像个真正的人。不论角色大小,文化教养是深是浅,都是一样地爽朗。凭着对"生活"不敢轻视的健康,或者被"生活"所困者的卑微,艰辛而羞愧地活着。

翻开书页,您的人物们怀抱着歪歪斜斜的欲望,步履蹒跚地朝我走来。我认得出他们。像虚荣认识虚荣,堕落认识堕落,非常简单。有的"恶"让我感觉太过亲切,简直想要大声打招呼。他们的蹒跚是他们的不便,也是他们的轻快。就是在这样的错位之中,有的欠缺让人亲切,有的善意令人不快,您的人物更有人情味了。看到这样的场景,我想起某位作家在"十丈水深易懂,一尺人心难测"中的"一尺""人心"面前,总是心怀谦虚的样子。写进作品的人物刻画得不够平整,而是凹凸不平,或者荒谬,却又像那么回事,或者不能全力支持,却也可以理解,那么我不觉得这是作家有能力(或者说比能力更重要),而是因为作家谦虚。

当《妈妈的木桩》①中的妈妈说"无论如何,那个人才是振国"的时候,当《被盗的贫穷》中的"我"说"我的贫穷是怎样的贫穷"的时候,我吓了一跳,原因并无不同。我喜爱老师作品中的人物们漫不经心地吐露的不合理的合理,带着血气的矛盾。身边的人们都说您是擅长表现世态的作家,正如金弘道②不仅是细致的风俗画家,更是出色的人物画家,您是以并不简单的方式把并不简单的人放在时代中心的高手。为了看得更清楚,为了多看一看,我又一次拿出您的作品。这是您四十多年前出版的小说,时代和人物交错,制造出大理石般的奇怪画面,蕴含着老师特有的文笔。

---

① 《妈妈的木桩》和《相似的房间》均为韩国作家朴婉绪(1931—2011)的短篇小说代表作。《相似的房间》最早收录于朴婉绪的首部小说集《教会羞耻》(1976)。
② 金弘道(1745—1815?),字士能,号檀园,李氏朝鲜画家,工山水、人物、花鸟,最为人称道的是他以讽刺和幽默手法呈现的底层人物风俗画。

《相似的房间》是1974年发表于《月刊中央》的短篇小说。故事是这样的：一名长期住在娘家的女子搬进公寓后，经常模仿邻居的生活。女子在模仿过程中感觉到了恐惧、安心、焦虑和诱惑。因为无法克服这种紧张情绪，她最终做出了怪异的举动。乍看上去，这是表达现代人不安情绪的熟悉故事，然而文学的情况并不一样，可以写了一次再写一次。因为女子从开始就拒绝了被如此概括的冲动。

"亲爱的，我最近有点儿不对劲儿，莫名其妙地感觉不安和焦虑。"
"嗯，神经衰弱，生怕谁说你不是现代人。"
丈夫很擅长迅速找出某种等式。这样的等式究竟能解决什么问题？①

阅读《相似的房间》有几种好方法。既可以通过当时的具体物价、物品名称和人们说话的语气，去感受那个时代的空气，也可以用手触摸作品的结构，感受造型之美，还可以把那名女子的不满转换为小说的不满或小说的欲求。对于有的创作者来说，"素材"并不单纯是故事本身，而是自己想要描述的对象之外的磁场。常常是将要成为故事

---

① 引自朴婉绪《相似的房间》（《教会羞耻》），文学村出版社，2013年。——原注

的材料，或者可能成为故事的迹象聚集的场所。这部《相似的房间》既是关于现代人神经衰弱的小说，也可以去掉"现代人"和"神经衰弱"这两个词，从而成为另外的故事。在解读一个人和一个社会的不言而喻的话语中，因为不够充分，真的，总是不够充分，因而需要调动更多的"不充分"，反过来扩张固有的领土。女人说这是自己的"口才"，是吧？"当我急切地意识到我和她之间需要口才的时候，我的焦虑和不安就开始了。"在语言的周围，在等式之外的土地上，女人常常进行奇怪的自白，她说自己不知道究竟是想"让小哲妈妈痛苦，还是想要自己痛苦"，她说"我爱上了好像要和那个畜生私通的预感"。如此等等的自白，听起来就不那么奇怪了，这也不算是奇怪的事情。

即便抛开这些不谈，《相似的房间》仍然很有魅力。最近我重读这篇短篇，再次感到震惊。首先，这篇四十年前的短篇描述的风景和二〇〇〇年代我的处女作《不敲门的家》里的现实仍有相似之处。另外，虽然不敢相提并论，但《相似的房间》的故事的确更加生动，年轻得多。不仅是这篇短篇。在老师创作的胡同和市场、学校和住宅里，我仍然可以遇到我生活的世界。我常常感到好奇。像是因为成长太快而没能健康成长，像是不协调的多个器官相互粘贴，面孔如此奇怪的韩国，今天和昨天轻易作别，固执地把明天当作今天，在这样的地方，相隔三十七年，近半个世纪的时差，老师的根本和这个时代的根本又是怎样相遇的呢？黑暗中的根怎么可能了解水路？每当这时，我就会想起很久以前打开《相似的房间》的门，迈步进去，到达不同房间的众多韩国作家。宝贵的源头滋润着我的根本。无论世界如何变幻，重要的问题都不会改变。有些烦恼依然有效，甚至更加迫切。您似乎早就告诉我们了，"微笑的嘴角就像刚刚撕破的伤口一样鲜活"的面孔，和那个时代一起笑，然后一起停下来。

2011

她那蓝色的手

最近和尹成姬①老师一起喝酒,还是参加片惠英老师的颁奖典礼。成姬前辈和我负责发表贺词,所以从前一天就很紧张。我们坦言贺词的艰难,互相发了几条短信。成姬前辈说自己写的稿子不满意,决定以外貌决胜负,感动交给我。作为后辈,我的压力很大。"啊,两个人一起发表贺词,就会发生这种事。真是天下前辈全都信不过啊。"我很受打击,坐在电脑前痛苦不堪。成姬前辈做了以自我为中心的举动,活动当天穿着新买的牛仔裤和夹克,还独自去了美容院。走上颁奖台之前,拿稿子的手瑟瑟发抖,问我应不应该涂唇膏。不一会儿,颁奖典礼开始,前辈走到前面,断断续续地读起了准备好的稿子……这时,周围的空气开始出现微妙的变化。从前辈口中流出的话,宛如暖风机

---

① 尹成姬(1973—),韩国作家,生于京畿道水原市,著有《笑时光》《看客》等。

里吹出的风,把室内空气加热到合适的温度。我一动不动地坐在最前排,倾听前辈的贺词。"啊!两个人一起发表贺词,就会发生这种事。姜还是老的辣。"

那天我们喝了很多酒。如果换成今天,肯定也会这样做。成姬前辈尽情展示魅力之后,自己觉得尴尬,整天都在辩解,害羞。也许是放松下来的缘故,她吸入啤酒的速度有点儿可怕。前辈有个习惯,不管多么细微的话题,她都说得很大声。那天也是以这种方式进行积极的对话。像天生会讲话的人一样,她的双手勤快地动来动去。那一刻,我却注意到一个奇怪的地方。前辈的两只手掌都呈青色。我以为前辈最近写小说写到手掌瘀青,惊讶不已,后来才知道是新买的牛仔裤颜料沾到了手上。那条牛仔裤本是她事先买来,准备参加黄顺元文学奖颁奖典礼的,为了祝贺同行作家获奖,就提前拿出来穿了。我远远地注视着前辈费心费力地从美容院回来,像鸟一样晃动着蓝色的手说话的样子。这时的前辈,我觉得和她作品中的人物毫无二致。那是拥有很多缝隙的人物,像有微光透进的门,好不容易冲出门内的黑暗出来,展示出自己都不了解的心灵边缘,有时把黑暗变成剧场。那天凌晨,评论家郑弘树老师在醒酒汤店看到前辈的手,担心姐姐是不是得了什么病,喝醉之后惊讶地问道:

"成姬呀,你的手怎么了?"

有时,成姬前辈的毛毛躁躁会使人陷入窘境。大概是七年前吧?刚刚登上文坛的时候,我小心翼翼、毕恭毕敬地给素未谋面的前辈发过几封邮件,前辈简短问候几句,接着说了这样几句话:

"希望你明年写出更好的作品,以后你也要更加努力才行。"

我眨着双眼,盯着前辈的邮件看了很久。尽管我是后辈,然而她对从来没见过面的作家说"以后你也要更加努力才行",还是让人不由得瞠目结舌。不过我毕竟登上文坛的时间不长,"啊,看来作家们本来就是容易进行平等对话。"于是点了点头,继续读下一封邮件。就在刚才那封邮件下面,我看到前辈几乎用恳求语气命名的邮件,"请先读这封。"前辈掩饰着慌张的心情,这样辩解道:

刚才我给您写了一封信,出现一处重大失误。

你也——我也

请修改之后再读。本来想写一封精彩的信,结果打错了字,好丢人。祝笔健。

前辈本来想写"我也要更加努力才行",结果写成了"你也要更

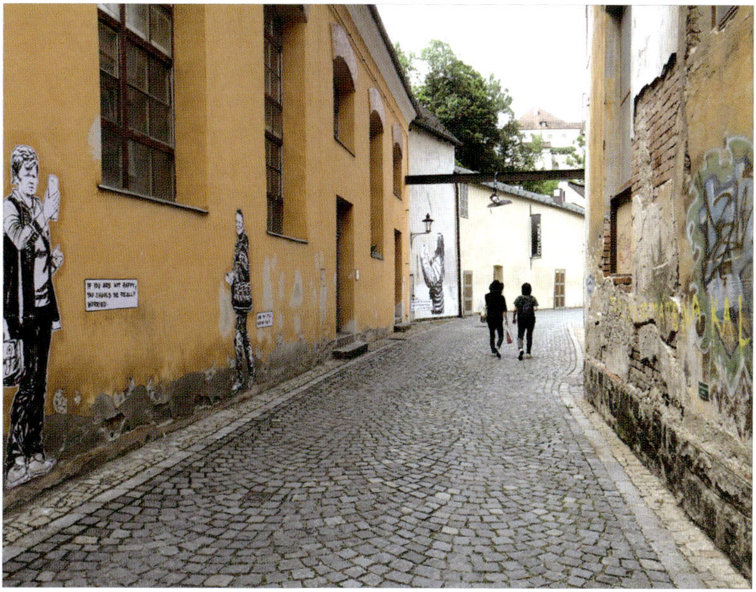

捷克克鲁姆洛夫小巷,
片惠英、尹成姬。

加努力才行"。后来前辈又给我发了好几次短信和邮件,告诉我她的信出现了重大失误。现在我可以这么说了,我小时候想象中的小说家可不是这个样子。充满忧郁,严于律己,无所不知,而且踏着坚固的沉默……这样的人……前辈被称为文坛的公益勤务员,对他人极为宽容,而且对自己也很宽容,在酒桌上常常喝醉,嘴上说自己腼腆,其实嗓门儿很大,面对众人容易害羞,有时又像班长似的带领大家完成很复杂的事情。很多人以为尹成姬老师敏感而内向,其实在我看来,她有很多出人意料的地方。看起来像是擅长十字绣,其实她更擅长驾驶。听别人说话的时候,她经常附和或帮腔。活跃的人很容易变得以自我为中心,然而前辈却不停地观察周围,为他人考虑,行动先于语言。现在我也可以说了,我小时候想象中的作家不是这个样子,但是我更喜欢现在看到的样子。对作家来说,"好人"常常是侮辱。见过前辈之后,我明白了,世上罕见、百里挑一、作品好、人也好的作家真的存在。听我这样说,前辈可能又会摆着她染成蓝色的手说自己不是这样的人,说自己心里也有各种各样的龌龊。但是,我并非全然不了解这些才说这番话的。

成姬前辈的小说中,经常登场的不仅是有缺陷的人,还有被磨破的旧物。比如《飞镖》里"o"键按不下去的手机、"出了故障的洗衣机""炸鸡店发放的开瓶器"等等。于是，前辈的小说就散发出某种味道，借用前辈的话说，那是"收集生了虫子的苹果做成果酱"的味道。在这些存在缺陷和裂痕，生命力却又很强的事物里，我常常遇到自己明明没有写过，却又好像写过的故事。"啊，原来我喜欢这种故事。这个故事要是我的就好了。"有一次，前辈对我说，虽然我们写着各不相同的小说，可故事都是相连的。包括前辈在内的其他作家也是这样，每年见不到几面，也没有过多的交流，感觉却很亲近，或许就是因为我们都在写小说。感觉其他文体太难，好不容易写出了小说的姐姐，艰难却心甘情愿，像吸了玻璃粉的风筝线，话和话，故事和故事纤细而又牢固地连接在一起，这个事实令我感激。

有时我感觉小说像一座山，赫然矗立在我的面前。这种时候，前辈们就像绕山流淌的水，向我靠近。在山中和山的周围、山的外面静静流淌的溪水，告诉我"稍微休息一下也没关系"。成姬前辈的小说也在对我说，不要害怕山，那里有很多生物，有野兽，有野花，还有登山客扔掉的有趣东西，甚至还有爱说话的神灵。所以我经常站在里面，在里面润润喉咙，让自己清醒。

有时，我们抛向空中的飞镖，似乎飞向了某个遥远的地方，最终却又回到原地,或者去了不该去的地方,或者到达错误的场所。即便这样,我们还是想要认真注视重新回到我们身边的故事。我愿意像前辈那样相信,飞走的飞镖和归来的飞镖不是同一个。在一次又一次的问候中,在竭尽全力送出的问候中,我希望前辈拥有平静的日常。语言、感情和爱,因为不纯净而经常被误解,伤害、绝望都很常见,这就是屡屡回到原位的小说的性质,是故事的惯性,以后也不可能不接受。飞镖归来的时候,我也想迎着电风扇里喷射出的雪花,坐在姐姐面前。我要像烤火一样迎着雪花,望着咔啦咔啦旋转的电风扇,我会这样自言自语:

"看那蓝色的扇叶,就像成姬姐姐的手掌,像手掌。"

今天,我想为前辈鼓掌,直到掌心瘀青。

姐姐,恭喜你获奖。谢谢。

2011

特别、肮脏、羞耻、美丽
——赫塔·米勒[①]的《呼吸秋千》

故事是这样开始的。1945年冬天,一个男人因为与某人"相爱"而犯罪,被流放到俄罗斯的强制劳动营。他是德裔罗马尼亚人,还是个稚气的青年。接下来,他要给我们讲一个用"呼吸秋千"这个陌生词语编织的故事。请好好记住这位青年的面孔。因为他离开时看到的世界和归来后的世界截然不同。

这部小说的第一部分将会出现有关移送车的逸闻。当然,所有故事都是通过罗马尼亚青年的眼睛描述出来。用青年的话说,那天夜晚他背对着军人们的枪口,褪下裤子,和其他人一起排队小便。腥臊的气体呼啦啦升腾在黑暗的草原之上……即使在这种情况下,人们仍然"疯狂地害怕火车会抛弃自己",他在人群中感觉到羞耻和恐怖。当时

[①] 赫塔·米勒(1953—),德国诗人、作家,2009年荣获诺贝尔文学奖,代表作有《低地》《沉重的探戈》《呼吸秋千》等。

的风景总结起来就是"那天夜里的世界多么无情,多么寂静"。这时有人呼喊:

——看呀,都想活着。

荒凉的冬夜,某个人的某句话使人们放声痛哭。在火车里关闭十几天,他们依然唱歌,开玩笑,甚至摸异性的身体。说这话的人并不是俄罗斯军人,而是和他们一起小便的流放者。那个男人说完这句话之后,自己也哭了。语言到底是什么,彻底撼动人心还不够,竟然能够让人崩溃。也许,作家让这个男人冷嘲热讽,继而啜泣之后,是想向我们抛出这样的问题:

——人真的很奇怪……是不是?

越到后来,奇怪的人越多。因为稍微有些精神不正常而得到所有人喜爱的保安卡提,和将死的妻子抢汤喝的帕乌尔,关注自己的围巾胜过关心他人性命的非利库里奇。最奇怪的地方是,这种奇怪的痛点碰触到了最普通的我们,或者说人类的内心深处。就像到达水面会发生折射的光,这是碰触到语言发生反射的真实。在这里,我们可以先做猜测。或许这部小说更倾向于人，而不是事件……其实赫塔·米勒在这个故事里细致地摸索每个人物的血管。作家是怎样做到的？嗯，现在我只能这样回答：

——用词语。

在语言是奢侈、是观念、是欺瞒的时代，被语言左右、用语言支撑的人物就在这里，而且是在强制劳动营。小说中的青年把自己秘密的恋爱说成"密会"，用那么"特别、肮脏、羞耻、美丽"的词语。至于为什么不是诗，而是小说，如果你把小说从头读到尾，也就知道了。你会看到，在执着吞噬肉体和精神的痛苦中，因为被摸太多而变得破旧的词语，像美丽却不能吃的热带鱼一样残忍地发光，摆着尾巴逃跑。被语言纠缠，和语言斗争，和语言共生的人们，他们的样子多么不简单，而借助语言竭力解释的青年，声音更是震耳欲聋。

我突然想起一个场面，挂在悬崖尽头的人艰难地抓住一根树枝……话语、语言，或者文学，到底能做什么呢？是啊，我们还是重新回到这部小说的开头吧。那里有这样一段话：

在装有燃气表的木头走廊，奶奶这样说，你会回来的。

我并不是刻意要记住这句话的。我不以为然地带着这句话去了劳动营。我没想到这句话会与我同行。这种话带有自生能力。这句话在我体内发挥了巨大的力量,超过我所拥有的全部。你会回来的。这句话成为"心铲"的共犯,成为饥饿天使的敌人。回来了,我才刻意说。有的话是可以救命的。①

人活着会经历很多事情,对吧?有好事,也有坏事。有像鸟鸣一样吟诗的时节,也有像祈祷一样跪地捡拾话语的瞬间。《呼吸秋千》刻画了一个人遭遇巨大饥饿和痛苦的时间。从这里目睹由人制造的语言对人做了什么,又发挥什么作用,这就是各位读者的事了吧?什么?我?已经读过这本书的我打算做什么?还能做什么,我也要编故事。再一次,在这里。

2011

---

① 引自赫塔·米勒《呼吸秋千》,朴京希译,文学村出版社,2010年。——原注

忐忐忑忑《山海经》

出于义务拿起来，笑着合上。跪在地上聆听先祖们的教诲，感觉加入到他们中间，和他们一起跳舞。借用美国科幻小说《银河系漫游指南》里的句子表达感受，就是这样的：

"再见，谢谢小说家。"

人活着，总会有几本似乎永远都不可能阅读的书，这本就是这样。首先，我不知道它是什么书；其次，感觉很难。当我真正翻开《山海经》的时候，却又发现内容亲切而有趣，这让我大吃一惊。

《山海经》分为山经和海经，结构是"向东多远是什么地方，那里又有怎样的动物"。到这里为止，读起来还是很容易的，像看图鉴或旅行书。问题在后面。这种细致而认真的解释突然着落在荒唐的句子之上。"其名曰类，自为牝牡，食者不妒。"瞬间，我停止读书，看向前方。

"嗯？"

后面还是继续这样的故事。"其名曰鹕鸼，食之无卧。""名曰鸹鹈，食之不瀰。""其名曰鸪，其名自号也，见则其县多放士……"各种内容组成独立的段落，并列相接。见到肛门长在尾巴上的动物或爱笑的人就装睡的猴子，产出珍珠的鱼，这样的描写本身就很新奇，很有趣，而我最喜欢的是所有这些话说完的最后。我喜欢那种省略了夸张，突如其来的结局和落差。那一句话里已经融入了很多很多的故事，或者那一句话就已经是独立的叙事。当然，它也促使我对剩下的故事做出想象，让我产生把某段话作为线索，创作新故事的欲望。像浮在水面的花瓣能够衡量水深和温度，像微生物的运动，《山海经》能够刺激读者的想象力，也能赋予读者"故事冲动"。"女丑之尸，生而十日炙杀之""有九钟焉，是知霜鸣"，诸如此类的描写多么精彩。我明明不知道"有九个钟的村庄"是什么，却陷入已经了解"有九个钟的村庄"的错觉。那个地方的季节和风俗，居民的面孔和故事仿佛近在眼前。明明不知道，却又好像知道的古老预感，古人的无意识和梦境边缘轻轻溅湿的现代人的兴奋，人们称之为"灵感"。

《山海经》是中国的古代神话故事集。也有人说它是历史书、地理书，或者是讲述古代东亚风俗和宗教的书。当它以文学教科书的形式来到我面前的时候，它又是能让我最愉快阅读的书。它是一座深海，含有大量可供创作者食用的浮游生物。所以，我非常赞同序言中郭璞①那《X档案》式的世界观——"人之所知，莫若其所不知"，当然还有《易经》中"言天下之至动而不可乱也"。二十一世纪，人们不再阅读《山海经》，而是阅读《哈利·波特》，或者去电影院看《星际迷航》，但我们依然喜欢这样的故事，而且创作这样的故事，这是因为现代人和古人的梦想有着内在的联系，因为我们无法克服看似不是，却又频繁碰撞的冲动和兴奋。

如果我们在88奥林匹克大道上看到乘坐长有鸟首和蝮蛇尾的乌龟的古代人，让我们举起手指，请求乘坐。坐在那么奇怪的动物上面，我们去往南山经，看东山经，也去海外北经或海内经看一看。偶然乘坐，我们也可以看到丰富而美丽的新天地。

2009

---

① 郭璞（276—324），字景纯，河东郡闻喜县人，晋代文学家、风水学者、游仙诗鼻祖。

第三部 召唤我们的名字

斑斑点点

　　位于苏格兰首府爱丁堡旧街区的人文高等研究所 IASH（人文高等研究所）每年都要邀请几十名学者，举行研讨会。他们为参加者提供住所和研究室，也提供交友和孤独的机会。四百多年间，经过多次扩建和维修，各个研究室隐蔽地分散在建筑物的角角落落。三层的"匚"形建筑物里有楼梯和房间，房间里还有房间，里面又有别的房间。我被分到二层的 22 号房间。包括玄关门在内，需要通过五道门才能到达房间。

　　通往二层的楼梯旁贴着一张褪色的世界地图。地图上嵌着五颜六色的图钉，记录的应该是以前在研究所工作过的人们的痕迹和身份。果然不出所料，地图旁边写道，来自 62 个国家的九百六十多名学者和创作者来过这里。只是随意剪贴的纸条，没有刻意炫耀或装饰的感觉。我在上楼时不断停下脚步，呆呆地注视着地图。我津津有味地看着那些淡绿、黄色、蓝色、大红色的图钉，分别嵌在悉尼、克拉科夫、德里、布达佩斯、纽卡斯尔、佛罗里达。那些斑斑驳驳的点就是知识和文化，犹如传染病般扩散开去，又像世界救济作物栽培地分布图，或者驯鹿的大迁移路线。上面也有我离开的城市，首尔。

22号房间里摆放着书桌、椅子、电话、书柜和铁质储物柜。任谁看都是普通的办公用品。算得上特别的也就是纵向的长窗户和旁边的相框。说是相框，其实只有A4纸大小，一张纸夹在塑料板中间。里面按顺序写着以前住过22号房间的学者和作家的姓名。约翰、保罗、托马斯、乔治、萨利等，放到韩国就是哲洙、英姬、万秀、勤植等熟悉的名字，也有像"熊肯森""马高吉塔苏吉艾拉"这种完全不知所云的名字。20号和17号房间也是一样。对于自己在学问和艺术方面的贡献，他们没有耍酷或炫耀，而是淡淡地、朴素地嵌在那里。我大声读出他们的名字。我知道我是这个房间的第四十七个人。

写不下去的时候，我偶尔会望向窗外。窗上如实地映出每天变化多端的苏格兰天空。灰色、紫色、橘黄色、粉红色，天空随时都在变幻。我一会儿看看天空，一会儿看看放在旁边的相框。这时我会有种奇妙的感觉，感觉时空在混淆。我想象着十年前或三十年前坐在同一把椅子上看同样风景的人们。当时正有一家韩国机构约我写散文，题目就是"我为什么写作"。到达爱丁堡之后的几天时间，我都在写作、删改中度过。我的视线常常从笔记本显示屏上移开，凝视窗外。这时，我的眼前很自然地浮现出多名滞留者的目光，穿透研究室的窗户，延伸到窗外。那些人，整天坐在这里看什么呢？或许和我看到的一样吧。研究所的院子里，高大的樱树、远处随着樱树枝摇摆若隐若现的十字架、清爽的网球场、后面的公园、公园后面用红砖砌成的十八世纪建筑，每天看的都是这些东西吧。许多树同时摇摆。绿色在阳光下变成金黄。高高飘过天空的网球和注视网球的人们美丽的姿态，刹那间的专注。和古人一样，现代人也是看到小小的圆形物体就会想到玩耍。眼睛在外，思想在内。而且，应该很喜欢这样吧？

整个夏天，我往返于住处和研究室之间，日子过得非常简单。规律又单调的生活。小说家需要的两种要素都满足了。写作时感觉口渴到楼下的厨房，可以看到洗手池上堆满了沉醉于世界各国"思维"的人们喝剩的咖啡残渣。不知为什么，我感觉这些垃圾很亲切。我经常去人文高等研究所前面的梅德公园看书。偶尔去每年举行艺术节的皇家英里大道兜风，坐在十八世纪伟大经济学家的头上，看用嘴巴啄额头的鸟。那是一只海鸟，我给它取名"乔纳森"。平日我会再回到研究室，浏览韩国的各类新闻,写小说、删除,就这样又过了一个季节。远处的梅德公园里,包括爱丁堡大学的学生在内的当地人生起小小的篝火,烤肉,烤火腿肠,边吃边聊。无边的公园和无边的篝火,无边的故事,都是人类从很久以前就做的事。太阳一落,黑暗降临在窗外的网球场上。我写了一句话,然后又删掉了。望着窗户旁边的相框,我问约翰,问爱德华,问马高吉塔苏吉艾拉,"你们为什么写作?""为什么直到现在还在写?"

爱丁堡最多的就是石头。现在,那些石头里面仍然有人居住。被陈旧的东西包围着生活,自然就会产生疑问。每当看到精心建造的坚固而美丽的建筑物,我都会冒出这样的想法。当我们回望一百年、两百年,也会对盖房子垒砖瓦的人们提出这样的问题。做这些干什么?有必要吗?谁都不知道生活、人生、历史会持续多久,为什么还要那么辛苦?究竟是怎样的信仰使其变得可能?这种问题当然有道理,然而那个人已经死了,只是在某个人的信仰中建造起来的建筑物依然存在。爱丁堡,整个城市被指定为世界文化遗产,这样的建筑物有几千座之多。在那里,后人们依然共享 Wi-Fi 号码,看书,洗碗,夫妻吵架,烤面包。在那么多建筑物中腾出一座,用来接待全世界的学者和作家,而我是第九百多名参与者。我经常在上楼梯的时候注视嵌在世界地图上的五颜六色的点。没过多久,那些点在我眼里不仅是好意和关照,而是像燃气检查员留在居民家里的标志,成为象征某个国家健康和健在的日常记号。夏天即将结束的时候,我决定重新审视"你为什么写作"的问题。谁都不知道生活、人生、历史会持续多久,为什么还要那么辛苦?即使有人这样问,也没有办法。

2014

旋律的方向

——君特·格拉斯的《铁皮鼓》和波兰北部城市格但斯克①

华沙的美容院

今年我在华沙的小公寓里住了三个月左右。公寓对面有一家美容院。二层窗户上贴着很多发型漂亮的波兰女性和男性的大照片。每天早晨,我拉开客厅的百叶窗,打开窗户窗缝的时候,都会和他们目光相对。片刻的难为情之后,我跟他们打招呼,"津多波利(Dzien Dobry:波兰语'早上好')"。同时暗自猜测,"这些模特大概是波兰人心目中美的标本"。我用东方女性的黑眼睛凝视现代波兰人公认的时尚和美的基准。

---

① 君特·格拉斯(1927—2015),德国作家,1999年荣获诺贝尔文学奖,代表作有《铁皮鼓》《猫与鼠》《狗年月》(合称"但泽三部曲")。格但斯克是波兰北部波美拉尼亚省的省会,德语中称作但泽。

如果你去波兰美丽的港湾城市格但斯克，你会发现被一个时代极力推崇的兼具美丽和健康条件的日耳曼人照片。那是"二战"博物馆展出的纳粹宣传照。照片上的德国女性有着白皙的皮肤和健康卷曲的金发，紧致的肉体和微笑。旁边并排摆放着突出畸形、残疾和人类缺陷的印刷物。这让人不得不联想到我们自发的、他律的侏儒，在时代的压力之下变得扭曲的敲鼓小人，"奥斯卡"。

去往格但斯克的火车

从华沙到格但斯克，需要乘坐大约三小时的火车。望着车窗外无限延伸的地平线，我陷入了"平地"带来的恐惧感。这不是因为我的祖国有很多山，而是因为无处可藏。就在几十年前，平静的大地变成适合火车和坦克行驶的土地的时候，逃亡者们根本找不到可以藏身的山坡或山谷。想到这里，我就感到窒息，或许是因为我意识到我刚刚乘上的火车将要开往"二战"开始的城市。我们都知道，当时火车做过什么事。

喝海风会肚子饿

走进格但斯克的老城区,就能感受到这个城市曾经多么充满活力,多么富有。同时也能切身感受到培养出一位作家的地方的风和阳光、波浪。在这样融合了多种文化、人和物质的城市里长大的作家,注定要成为辩论家。我们常常称呼作家为"讲故事的人",这里所说的会讲很多"故事"的人,身体里充满故事,像错综的线,只能使劲用抹布冲掉,君特·格拉斯就是这样的人吧?这位大作家生活的时代,却又是人类历史上最大规模战争爆发的时代。我们通过波罗的海去往格但斯克,一路上并不只有好的事情。在老城区前的小桥上,我感受到令人压抑的水的力量。吹着海风,现代人心中的波涛、信念、陶醉的空气令我感到陌生。

来到格但斯克后的第一顿饭,我吃的是大邱料理。来到海滨城市,这是理所当然的选择,我本来还为此得意,当油腻的高蛋白食物接连进入食道,我想起了奥斯卡的爸爸马策拉特爱吃的鳗鱼。村里的男人们在格但斯克海岸,用砍掉身体没多久的马头捕鳗鱼的情景,也是《铁皮鼓》里最令人讨厌和最激烈的场景之一。还有个场景也是这样,那就是因为对野蛮的捕鱼方式感到恶心,以至于拒绝食用,奥斯卡的妈妈阿格内丝在偷情之后欣然把刀插入肌肤。二十岁第一次读完《铁皮鼓》的时候,我不理解这个段落。现在,我认为一切都是合理的。那个时代,播放希特勒演讲的收音机和立式钢琴,青年团和军事进行曲,供应票和长筒袜,性欲和宗教,尖叫和玻璃,所有的一切都让人感觉理所当然。

格但斯克的鱼堪称一绝。弥漫在舌尖的热油味和肉味香喷喷的,很清爽。想起双手拿着刀叉,优雅地品尝战利品的阿格内丝,我也不由自主地挺直了腰板。阿格内丝吃的不是普通的鳗鱼,而是吃过死马头的鳗鱼。意识到处于食物链最顶端的人类的位置,衡量着阿格内丝和我之间的距离,我嚅动着嘴唇。奥斯卡曾经对一个女人说,喝海风会肚子饿。

德豪大街的弦乐三重奏

从饭店出来,我们来到德豪大街。拱形门下有三名青年在演奏小提琴和大提琴。这是以游客为对象的常见赚钱方式,却足以让第一次踏入陌生城市的人们心潮澎湃。正巧他们选择的曲子是《哈利路亚》。

音乐的旋律画着半圆向整个城市扩散开去，并在我的头上罩了崇高的屋顶。我在用心弹奏的演奏者面前放了几枚波兰硬币，等待下一首曲子。不一会儿，电影《泰坦尼克号》的主题曲流淌而出，比原奏更缓慢，更细腻，与初秋的风、游客的表情、周围蓝色的波光融为一体。不同于拱门前长长的石路，一度成为操纵德豪大街的节奏。后来长大成人的奥斯卡这样回忆那段时光：

  敲击出那种急速的、不稳定的节奏。自1914年起，人人都得按这种节奏运动。

  我反对从个人或美的角度，从制服颜色、裁剪方式、捶打中演奏的音乐节奏和音乐性。因此我敲打简单的儿童玩具，稍作抵抗而已。

奥斯卡用华尔兹的拍子扰乱当时占据支配地位的进行曲节拍，这个战略和才华很有名。想象着小说和现实中的市民们发明的两种脚步节奏，我走上了上坡路。我在脑海里想象着街头很多商店里充斥的骂声和嘲笑，商人们关于税金和分配的欺诈与争吵。暴力的世纪，混乱中的艺术，混乱中的性爱，混乱中的偷情，混乱中的忏悔，混乱中的奢侈，混乱中的保养等等，战时可能发生的各种事情沿着长长的石路，像贴画一样展开。

"二战"博物馆

这不是《铁皮鼓》里出现的场所，不过应该有助于理解当时的风俗，于是我去了"二战"博物馆。这是一座完工不过几年的新博物馆。在那里，我看到一个当时小巷的复原场景。我盯着一个小饰品店的玻璃柜台看了很长时间。香皂的尺寸和样式，碳酸苏打的颜色，牛奶和奶酪的形状，我都用心地看。小说中奥斯卡的爸爸，君特·格拉斯的父母都经营食品店。

在那里还看到什么来着？看到当时真正流通的分配表，"没想到这么小啊？"我注视着十字架上耶稣胸前真枪实弹的痕迹和深邃久远的洞里的黑暗。我也看使这些黑暗成为可能的各种文件，公文的面无表情和可能是勤奋员工的某个人端庄的笔迹、印章、签名。奥斯卡后来还为德军做过慰问演出，而这是给他的人生带来巨大影响的高度形式化的一堆纸。

奥斯维辛的钩子

到达格但斯克之前，我们先去了一座城市。那是作为"集中营"主城的波兰中部城市，奥斯维辛。来自世界各地的陌生人乘坐一辆小巴士，前往目的地的大约两个小时里，路上不断出现指示"奥斯维辛"的绿色路标。奥斯维辛的"e"下面的小钩子莫名地令人不安。像玻璃片一样，无时无刻无在撕扯人心。集中营周围长着茂盛的植物，都是有所了解也有所见识的植物。在那个悲惨的时代，奥斯卡的抵抗和退化，分裂和混乱或许是理所当然的吧。

"我则在自己的鼓上寻找波兰，并敲出了这样的声音：丢失了，还没有丢失，已经又丢失了，丢失给了谁，很快就丢失了，已经丢失了，波兰丢失了，一切都丢失了，波兰还没有丢失。"

从奥斯维辛回来不久，我又看了电影《铁皮鼓》。读小说已经是很久以前的事了。当我看到预告片的最后一个场景，理所当然地以为奥斯卡会被送往集中营。因为奥斯卡并不美丽，奥斯卡并不符合"标准"。因为《铁皮鼓》就是一个试图删除这些的时代的故事。不过，它

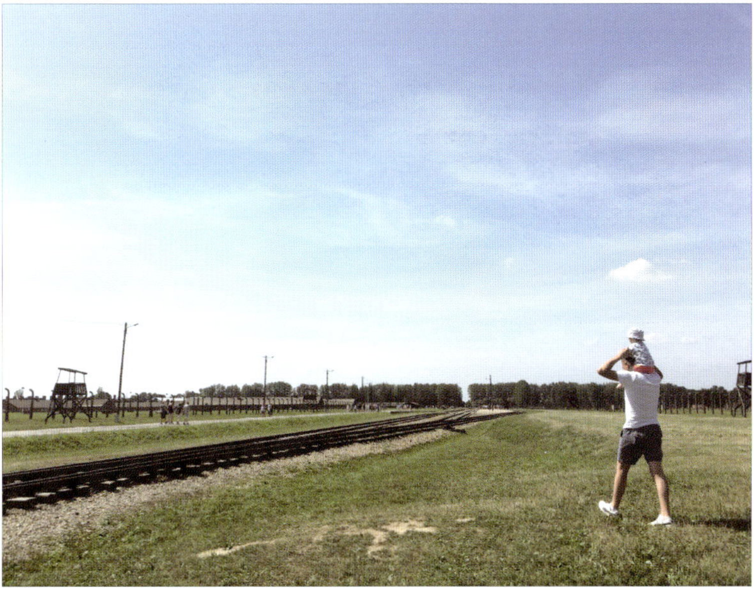

波兰奥斯维辛铁路。

又不仅仅是这样的故事。这是发生在并不遥远的过去的故事，如果不是以寓言的形式，很难写出来。小说家没有把自己的欲望交给安全的义务。直到最近看了电影《铁皮鼓》，我才知道奥斯卡要去的地方不是集中营，而是格但斯克。

在格但斯克短暂停留两天，我们又乘火车去了华沙。在火车上，我想起主人公与包括童年在内的一个时代告别时小小的背影。因为处于欧洲中部，波兰的铁路几乎与所有国家相互连接。我凝视着车窗外望不到尽头的地平线和落日，期待，不，是祈祷这条铁路能带领奥斯卡和我们去往更好的地方。

2017

句子影响圈

有的句子里埋藏着时空,像花蕊上的花粉。作家构思时闻到的气味,听到的声音,见过的人,经历的季节都会不自觉地渗透到里面。就像眼睛看不见,却与波动相关的明确力量,就像从远处引来巨大潮水的月亮。有些是只有作家知道的句子,有些不是。今天我想介绍的歌曲《南村》曾经出现于我的小说《我的忐忑人生》。当然,到目前为止,这件事只有我一个人知道。

我在位于江原道麟蹄郡以北的万海文学馆住过一段时间。周围群山环绕,一旦进去,如果没有车就不容易再出来。我在那个地方吃了三个月的素食,全身浸润着住所门前的水声入眠。当时在万海文学馆的还有法语系毕业的农夫金度延[①]前辈、日常对话也像使用缩地术一

[①] 金度延(1966—),韩国作家,生于江原道平昌郡,著有小说集《零点的布宜诺斯艾利斯》《十五月夜》等。

样迅速覆盖语言和思维的张锡南①老师,刚刚把女儿送入大学怀着"呀呼"的心态前来写作的刘勇柱②老师。到达顺序可能有所不同,不过我记得那年冬天在那里的还有李娜美、洪恩泽、吴正国老师。

那年冬天,我坐在饭桌或酒桌边,听到了很多故事。有时喝得酩酊大醉的老师们会说,"我们走吧""我们继续喝",然后再无数次重复说"站起来",每次我都稀里糊涂地跟着起身、坐下,像憋着大便的小狗一样不知所措。因为身强体壮而搬运过李文求老师和朴婉绪老师棺木的刘勇柱老师熟练地开出落入田埂的车,和几位老师一起沿着7号国道去江陵拜访李洪燮老师,直到现在还记忆犹新。民房改造而成,位于空旷原野中央的练歌房;顶着令人眩晕的灯光尽情娱乐,出来时遇到的乡村辽阔的寂静和头顶的星群。大部分老师酒量都很好。有一次,看到两位醉酒的老师只凭三句话交谈了一个多小时,我哭笑不得,不知所措。很多人都喝醉酒后的第二天,大家理所当然,轻轻松松地点了下酒菜。酒量和体力都令人惊叹,我甚至怀疑他们每天晚上放在床头的会不会是白酒,而不是水。那天,也许只是那些日子中的一天。

---

① 张锡南(1965—),韩国诗人,生于仁川,著有诗集《微笑,你要去哪儿》《寂静不要逃跑》等。
② 刘勇柱(1960—),韩国诗人,生于全罗北道长水郡,著有诗集《无边的沉默》《最轻的行囊》等。

那天我们在束草吃完生鱼片，很晚才回来。已经十一点了，餐厅里亮着灯，许多陌生人闹哄哄地吃着东西。李康淑老师担任接待团长的业余合唱团"有音乐的村庄"来到了万海文化馆。我们没有直接回自己的房间，而是去餐厅和李康淑老师打招呼。宽敞而舒适的餐厅里，晚饭的味道还没有彻底消散，三十多名成年男女团团围坐。他们来自各行各业，年龄层也不相同。桌子上摆放着调味鸡和炸鸡、点心和碳酸饮料。刺激唾液腺的油味儿和刚刚到达陌生地方的人们吐露出的紧张、兴奋和疲劳混合，飘散在空气中。李康淑老师向我们介绍了各位团员。住在万海文学馆的作家老师们也难为情地轮流做了自我介绍。简单打过招呼之后，刘勇柱老师说要即兴朗诵一首诗，以示欢迎。他朗诵了郭在九的《在沙坪站》，看实力就是朗诵过多次了。"末班车迟迟不来，候车室外下了一夜的雪……"我觉得有点儿尴尬，还是认真听老师的朗诵。或许是因为万海村正巧也在纷纷扬扬地飘着雪花，庞大的寂静落在村里。不一会儿，"我把一捧眼泪抛入灯光里"，朗诵结束，周围响起掌声。长辈朗诵诗歌或者唱歌，这是在其他场合也常见到的风景。不过，合唱团的团员们突然说要回礼，指挥发出小信号，三十多人聚集起来。透过那份纹丝不乱，可以看到对指挥的尊敬，或者说是对音乐的热爱与礼仪。随后，指挥在半空中轻轻抬手，短暂的寂静流过，片刻的喘息之后，团员们同时开口：

"山的那边是南村,南村住着什么人,年年春风向南吹……"

层层和声穿透充斥于餐厅的湿气和油炸味,雄壮地扩散开来。没有一件乐器,仅凭人的嗓音构成了雄壮而美丽的音乐。

"四月花儿开,金达莱飘香,五月麦子熟,麦香满天地。最爱是南村,最爱南风起……"

面对平生第一次听到的合唱,我良久无言,就像《肖申克的救赎》里的囚犯听到莫扎特的《费加罗的婚礼》。窗外,雪静静地落在黑暗之间,人们的心上也瞬间落满了音符。直觉告诉我,今后的人生中再也不会出现这样的时刻。即便以后在别的地方听到同一首歌曲,此时此刻的空气和温度也独属于"这个时候"。

第二天,合唱团去了北面。宛如"过路的乡村流浪者",在我们心里留下《南村》,转身就离开了。中午,我们和合唱团员在附近的鳟鱼片店吃午饭。饭店地上铺着厚厚的玻璃,鳟鱼在下面游来游去。以前我也在那儿吃过漂亮的虹鳟鱼。老师们早就喝醉了,一会儿说"走吧",一会儿说"再喝点儿",一会儿又说"我们该走了",天真地犹豫不决。李康淑老师给我倒酒,一边说"年纪大了,开始关注死亡了",一边劝没有宗教信仰的我去教会。我不确定会不会有依赖信仰的那天,但我可以预感到自己会迎来老师说的"开始关注死亡"的年龄。尽管不是老师的意图，不过当那个时候真的到来，我会想起老师的话。我们冲着合唱团乘坐的观光巴士挥手，然后又回到生鱼片店。就这样过了一冬，在北面的雪融化之前，我离开了万海文学馆。

第二年春天，春夏之交，我又去了首尔的延熙文学村。在那里，我写了长篇小说《我的忐忑人生》的序幕部分，十六岁的少男少女不小心怀上了孩子。故事写不下去的时候，我就站在宿舍门前的宣传处，久久地注视着有人放在石头上喂鸟的水和松树。想象着故乡的溪水，仁济的草绿，延熙的豆青，构思着小说。那之后过了很久，我才写到少男少女接吻的场面。两个人在林中的小河边第一次接吻。此前需要稍许的铺垫和寒暄。我觉得这种时候应该由"美罗"唱首歌比较好。唱什么歌呢？韩语歌曲，最好是老点儿的歌。于是我自然而然地想起某个冬夜听到的印象深刻的那首歌：

"山的那边是南村，南村住着什么人，年年春风向南吹……"

我让纯朴的少女坐在岩石上，双手合丨调整呼吸。下面就是少女唱歌之后的场面。

良久之后，妈妈问爸爸：

"怎么样？"

良久之后,爸爸回答说:

"好听死了。"

过了一会儿,妈妈问爸爸:

"还有呢?"

过了一会儿,爸爸回答说:

"悲伤……"

如果说那年我可以刻画出年轻恋人之间青涩的爱情,可以借助他们的孩子的声音询问时间和青春的意义,那么这种"青"应该是江原道的一点淡绿,是延熙的几点豆青。就像地上铺着玻璃,鱼在下面游来游去的餐厅,在某个场面,某个句子之下,影子般的故事在哗啦哗啦地游来游去。那是作家没有写,却支撑着写出的句子的"句子之外的句子"。

我在延熙文学馆又遇到了李康淑老师,这件事还没有说吧?一年后,我去延熙拜访从江原道来的金道延前辈。在那边的厨房里,我们喝烧酒,吃咖喱,这件事以后再说,现在我想先开心于这份千回百转、山重水复的偶然,这份制造出新文脉和故事的偶然。

2015

点、线、面、层

我的书桌左边并排摆放着小台历、笔筒和削笔器。瓷砖材质的白色方形笔筒里插着各种铅笔，大部分都是别人送的礼品。一支是从遥远外国回来的作家送我做纪念的，一支是因为一本手册没有用完而内疚，同时又不停地买新文具的朋友送的，还有几支是买新文学杂志的赠品……生产国家也各不相同，偶尔会有一种感觉，觉得自己坐拥一座小树林，里面耸立着全世界的树木。记录突然冒出的想法，打磨刚刚写出的稿子，或者在台历上记录重要事情的时候，我就从笔筒里随手拿出一支铅笔。对我来说，最需要铅笔的时间恰是读书时。

平时我会在文件上画很多线。以前我使用彩铅或荧光笔，现在几乎只用铅笔了。在某个句子下面画线，感觉就是和那句话肌肤相亲。纸质和铅笔种类有所不同，传递到身体的触感和声音也有所不同。相

只要天空還有一抹藍 就有詩 工期會司

古巴诗人、音乐家奥马尔·佩雷兹·洛佩兹（Omar PÉREZ LÓPEZ）送我的铅笔。
2017年首尔国际文学论坛，和我在同一单元进行以《我们和他人》为主题的发言。
他坐在我旁边的座位，我的发言一结束，
他就像早有准备似的把铅笔递给我。
那天我的包里装着国立现代美术馆的铅笔（发言中提到的Y送我的），我给了他。
接下来又有其他人发言，我们没有机会交谈，
但是在短暂的瞬间，我和来自远方的作家进行的刹那交流
却成为特别的回忆。
他也因为是切·格瓦拉之子而闻名。

比于反光的厚纸，粗糙的薄纸上面画线的感觉更柔和，更流畅。至于应该在哪里画线，这种判断完全取决于主观读书经验和节奏。画线这种行为本身就像独木舟的桨，制造出力量和节奏，把阅读推向前。

阅读时突然在某个句子前停下，原因多种多样。有时因为不懂的知识、听过的故事，有的故事虽然听过，可是作家用刀划破熟悉的叙事外壳，透过残忍的裂缝展示出内里的东西，却又不是全部展示；有时是因为我需要这句话，想这句话；有时是忍不住笑了；有时是思绪聚集在眉间，有时又只是因为太美。有的后来连我自己都忘了当时为什么要画线。

前不久小姑子来我家，借走了一本书。那是"以植物的方式抵抗世界暴力的女性故事"，我毫不犹豫地借给了她。等到小姑子坐车离开后，我才想起来，那本小说的内容粗暴概括起来就是"姐夫和小姨子之间禁忌的爱情"。看到我在那些有违社会常规理念，色情而刺激的语句下面画上重重的底线，小姑子会怎么看我呢？

画线的书，二手书店一般不收。不过最重要的是阅读，而不是赠予和转售，所以我没有放弃在书中画线。至少作家应该这样。话虽这么说，不过很久以前我缺钱的时候，曾经连夜用橡皮擦掉书中的铅笔痕迹。就像把孩子洗得干干净净送到别人家，我的心里充满歉疚和不舍。有的作家每次来我们家玩，都会假装漫不经心地看看自己的书摆在哪里。在这些作家看来，我刚才的话或许会令人不安，不过这种书我肯定会好好保存。我无法和自己画过线的书分离。那里留下的铅笔痕迹就像和作家握手后留下的手印。偶尔看到留在书上的无数条黑线，感觉就像刻在溜冰场冰面上的冰刀的痕迹。算是精神运动吗？练习的痕迹。

这么说来，我是铅笔富人吗？不是的。我生命中所有的铅笔购物都在小学三年级完成了。在一座寺庙附近的纪念品商店，我买过一套檀香铅笔。那还是爸爸喝完马格利酒后一时兴奋，大发慈悲买给我的。那时我根本不懂什么是"烦恼"，什么是"慈悲"，然而闻到檀香味，我的心情莫名地平静下来。我还记得一捆是12支，唰啦唰啦，我用这些铅笔练习写韩文，学加法，学除法，还用虚假的事件、天气编造当天的日记。

看到好东西就想拥有，我也喜欢买东西，但是还没到同行们那样收集或酷爱各种笔的境界。我也产生过强烈的囤货欲望，那是在位于圣彼得堡的陀思妥耶夫斯基博物馆里。那支铅笔其实很简单，笔身是黑色，带着黑色的橡皮擦，镶嵌在上面的银色俄罗斯字母让我感觉非常特别。不是阿拉伯字母和汉字，而是在韩国不容易见到的字体。"陀思妥耶夫斯基博物馆纪念铅笔真的很像陀思妥耶夫斯基博物馆纪念铅笔，"我打量着手里的铅笔，点了点头，"周围来过俄罗斯的人不多，送给文具爱好者，他们一定会很开心，何况还是陀思妥耶夫斯基。"我急忙翻口袋，却发现身上一点儿现金也没有。正好有位同行前辈站出来，愿意替我买下。我很抱歉，于是只拿了两支。十七或十八世纪的朝鲜书生在北京琉璃厂看到质量上乘的笔墨、纹样细腻的砚台之类，该是多么想要买下来啊。买了一个，还想买两个，买了三个，就想把某一个送给朋友吧。

我书桌上的笔筒里参差不齐地插着各种铅笔。不知从什么时候开始，哪怕是小铅笔头也不舍得扔掉了。铅笔越来越短，像书籍剩余的页数渐渐减少，感觉就像和书一起度过了某段时光。偶尔我会根据书的特点挑选适合的铅笔，不过并不总是这样。阅读塞万提斯时挑选西班牙产 HB 铅笔（试图确定公司名称，无奈已经削得太短，看不到了），阅读泽巴尔德时拿出德国产的施德楼铅笔。在我简陋的文具目录当中，如果说有什么值得骄傲，那就是西伯利亚铅笔公司生产的建筑师专用铅笔。没有涂漆的原木表面用黑色刻着雄赳赳的俄罗斯字母，意思是

"建筑师"。当我拿着那支铅笔读书或改稿子的时候，感觉自己好像也成了建筑师，不由自主地端正姿势，沉静地看稿子。

我曾用俄罗斯铅笔读过雷蒙德·卡佛的短篇集。之所以重新翻开二十多年前读过的书，那是因为出版了新的译本。我像往常一样读着，一边在几个部分小心翼翼地画线，比如这段话：

> 你给咱们找点儿厚纸，行吗？还有笔。我们试试，一起画一座大教堂。

还有这段：

> 现在，画上点儿人进去。没人还叫什么大教堂？

拿着俄罗斯建筑师用铅笔阅读《大教堂》，多么合适啊！我感叹着，继续读书。我翻开扉页一看，大吃一惊。这本书的译者正是那位在俄罗斯送我们建筑师用笔的小说家。他是韩国首屈一指的铅笔收藏爱好者。

我认识的很多作家，一走进文具店，就像中学生一样兴奋，于是我也跟着沾光用上了很好的铅笔。有的作家总是带着一把小刀，用来削铅笔，也用来修身养性。我是急性子，用削笔器转十秒钟就削得尖尖的，心里感觉很畅快。我想起日本青春电影里出现的自行车动力灯，这应该也可以包装成某种生产性行为。像深夜里努力用手转动自行车轮，照亮喜欢的人的脸的孩子，我也在转动削笔器的时候寻找着什么。

有一支铅笔，我一次都没有削过。那是 2014 年晚春，有位学生送我的铅笔。那年有一段时间，我在大学里教学生。每周一次，在一间小教室里读书、写作、交流。总共是五名学生。人数满了之后，按理说就很难再加入了，但是有位学生来到教室，说很想听写作课。她的名字叫 Y，是本科部电影系的学生。上课第一天，学生们分别做自我介绍，说出喜欢的作家和作品。Y 每次都目光炯炯，很认真地听课。四月中旬之后，她什么也没说，突然就不来上课了。听说她递交了休学申请，然后在饭店里做体力活儿。详细情况我不了解，只是对某个学生说："我有东西要送给 Y，请转告她有空来教室一趟。"

几天后，我稍微早点儿到达教室，做上课准备。Y 小心翼翼地开门进来。距离上课时间还有二十来分钟,教室里只有我和Y两个人。"也不是什么特别的东西。"我开口说道,然后递给Y一张小小的明信片。

"我记得你喜欢K作家,于是就拜托K作家写了这个。"

Y不知所措地接过明信片,立刻翻过来读。突然,她大哭起来。我和Y本人都有点儿慌张。不一会儿,Y调整呼吸,递给我什么东西。两支铅笔,一支是灰色,另一支是象牙色。两支笔的笔身都华丽地包围着小小的花瓣。上端刻着意为"韩国国立博物馆"的英文单词。那段时间,她的心情应该很乱吧。我不知道该怎样接受她的心意,动了动嘴唇,终于回答道:

"我,看书时喜欢一边用笔画线一边阅读,我会好好用这支笔的,谢谢。"

后来Y以旁听生的身份继续听课,并在那年夏天结束前完成了一篇短篇小说。我可能对她说了祝贺的话。因为这件事的确值得祝贺。

除了上课时间,我没有见过Y。也没有问她在安山有没有"认识的人"。她的老家在安山,再加上整个城市举行了一场葬礼①,所以总会有拐弯抹角认识的人。那一年,我们都是"认识的人"。后来我才知道,

---

① 2014年4月16日,韩国发生"世越号"沉船事件,京畿道安山市檀园中有250名学生在此次事件中遇难。

Y 为了克服失眠症，故意选择了劳累的餐厅工作。

现在回想起那个时候，我还是会想起教室外面的绚烂和 Y 的缺席，四月的新绿和国立博物馆铅笔上盛开的花朵，以及 Y 解释自己喜欢的书时兴奋的话语：

"想要画底线的部分太多，可是不能都画上，我就抄在韩语文档里，打印出来尽情地画线。"

原来一个人可以这样喜欢另一个人写的文章。应该和这篇文章相遇的人，遇到了这篇文章。读着 Y 的邮件，我点了点头。

那天，我给 Y 的明信片里有这样一句话：

一片花瓣凋谢，所有的春光都为之褪色。

我拜托 K 作家签名，同时写上 Y 的名字，K 亲手写下自己喜欢的诗句。我曾经给学生们讲过杜甫的诗《曲江》。有的人只是简单地想着"花瓣凋谢"，有的人把"花瓣凋谢"理解为"春光褪色"的原因，这样的人生是不同的。文学为我们打造出多个春天，让我们可以更加丰富地感知这个世界。纸卷成圆，就有了褶皱和容积，像肺泡，我和这个世界的接触面增多了。直到今天,这样的想法都没有改变。我只是感觉我的春天发生了一点儿变化。我们的春天,春天这个词语的重量和质感,因为这个季节发生的某个事件,因为许多没能从春天跨到夏天的孩子而变得不同。

去年冬天,很多人聚集在韩国多个城市的广场。每周都有几十万人点燃蜡烛,高喊口号。这种趋势还在继续蔓延。整个冬天,我们看着彼此眼里的光走路。我们把黄色的光聚集起来,仿佛要以这样的方式还原丢失的春光,哪怕只能复原少许,也是好的。偶尔我会从那些光点中想起 Y。我揣测着可能永远不知道是谁的某个人的心情,那不是我所了解的悲伤。

与此同时,如果总结去年的韩国,也可以概括为一个词语,那就是憎恶。不论性别、年龄、人种和阶级,只要是自己懒得理解或看不惯的人,统统称为蛆虫。这样的文化在盛行。甚至出现了"遗属虫"和"妈虫"之类超出想象的命名。①值得庆幸的是,还有努力以其

---

① 这里的"遗属虫"和"妈虫"是指对"世越号"事件遇难学生家长的蔑称。灾难发生以后,家长们(母亲居多)坚持追责、主张立法以避免类似事件的坚决态度得到社会的广泛支持,也引发了很多抵制。

他方式面对世界的语言存在。前不久，贴在江南地铁站、九宜地铁站和安山临时上香处的便利贴就是这样。写在上面的话没有把自己和他人分为中心和外围、正常和非正常，而是带着深度理解的语言。你不是蛆虫，而是我，是过去的我，是现在和未来的我。我也迟早会归于死亡，每个人都不应该受到这样的待遇。贴在追悼空间的层层便利贴就像很多同时代人故意要遮住嫌恶的语言。好像在亡者脸上盖白布，保护故人，不让他们看到那些无知和侮辱的语言。

理解并不是相似尺寸的经历和感情的叠加，而是穿上不同尺寸的衣服之后，重新检查自己身体的过程。作家似乎应该把"理解"说成理所当然，可是当我穿上不合身的衣服，也同样会感觉不舒服。我也知道，我是那种努力不对他人冷淡，否则就会在冷笑和失望中心安理得的人。对他人的想象力就像便利贴，只有微弱的黏着力，但我们还是不能停下。原因或许就在于此吧。这种薄薄的便利贴的刹那堆积，也有厚度和重量。这些话告诉我们，我们在成为我们之前，首先是独一无二的存在。我想着那些帮助我们想象和自己具有相同重量的他人的语言。不是邀请你加入我们中间，而是以你的身份和我相遇，更彻底地成为"个人"，帮助我们深入体验个人内心固有的文学语言。

最近，我去关节手术专门医院探望住院的婆婆，看到小姑子正在妈妈床头阅读从我这里借去的"小说"。六人病房里，每当有人开关冰箱的门，里面都会散发出泡菜味儿。患者大部分是老人，手机铃声格外响亮。在访问牧师的祈祷声和电视机的噪声里，在患者们的呻吟和猜忌中，小姑子读着描述"姐夫和小姨子之间致命爱情"的小说。后来我发现自己的担心是多余的，眼前的情景竟然让我感觉安心。我知道在病房里照顾病人是多么艰难而痛苦的事情，就连开灯关灯都不能随心所欲。在这样的公共空间，最思念的就是私生活。有时候，读书是最隐秘最私人化的行为。小姑子会不会也在我画线的句子前悄悄地感到心情舒畅？那么，小姑子面对哪个句子停留最久呢？是什么久久地抓住了那句话？

握笔的手用上力气，书上就会出现一个模糊的洞。我在某个句子下面画线的瞬间，自己感觉到的时间和感情就凝聚在那个洞里。偶尔我感觉那个洞就像农田的"垄沟"，又像连接我和我自己、现在和过去、我们和他者的"墨沟"，慢慢地、坚持不懈地沿着那条线走下去，有一天我们的故事也会像杜甫的诗句那样和某人的人生相遇吗？我希望是这样。哪怕这种相遇轻如花瓣。希望故事的接力赛，故事的传递棒会一直继续下去。大部分铅笔都是长而圆，原因是不是也在这里呢？

2017

倾斜的春天，我们看到的

被提问

——现在最让你绝望的是什么？

2012年冬天，与双龙汽车解雇劳动者一起举办图书音乐会，担任主持的文学评论家提出这样的问题。问题抛给了舞台上的被解雇劳动者一家和五名作家。

看

2014年4月，准备从家里外出的时候，我第一次看到了那艘船。一艘很普通的船，除了"世越"这个名字之外，没有什么特别的印象。

以前我也乘坐这艘船参加学术旅行。几年前，我的父母也乘坐相似的游船去过济州岛。电视新闻里出现的是静止的资料画面。比起火灾或建筑物倒塌的现场，甚至显得有点儿散漫。我没有任何信息，也不带任何偏见，呆呆地站在电视机前。这时，家人当中不知是谁说，"听说全部乘客都救出来了？""啊，是吗？"我回答完，立刻从事故现场收回了视线。我不知道究竟发生了什么事，看上去似乎处理好了。既然所有人都救出来了，那就不用担心什么了。除了"所有人都活着"，我似乎没有其他需要了解的信息。我离家在外的很长时间里，都忘了这件事。我以为自己看到的没什么大事。

听

原来说是 368 人，后来说是 164 人。几天后说是 174 人，前不久改成了 172 人。船倾覆之后，已经反复了七次。事故发生第一天，外媒根据水温判断遇难者的生存时间，而韩国在计算死亡时的保险金。权力把生命当成数字，这让人们深感愤慨，同时也传出了"灾难的阶级化"和"责任外推"之类的说法。企业和政府无法确定"世越号"乘客的准确人数。此刻的大海里，他们甚至没能成为数字，正在变冷，变得僵硬。

我听到他们的名字。不是学生、失踪者、牺牲者、乘客,而是他们的家人经常呼唤他们的方式,本名或小名。如果他们活着,家人还会叫上一万次的名字。那个名字包含着一个人的历史、时间、谁都无法概括的个体世界,都在彭木港的黑暗中彻夜作响。白天、黎明、早晨也在发出声音。每次听到这个消息,无论是在走路,在吃饭,在打扫,我都像小腹被击中似的弯下腰去。不是因为慢慢涌起的悲伤,而是突然袭来的疼痛。牺牲者的家人,谁都想不到自己所爱之人的名字会在那个地方以那种方式被叫出来。许多看新闻的人都在牺牲者的名字之上加上自己的名字。或者和自己孩子的名字重合,随着一起哭泣。初中生们自嘲说,最初是军队出事,然后是大学,最近是高中,"接下来该轮到我们了"。这都是发生在公共空间的人祸。人们不确定接下来谁的名字会填入空格。他们也不知道。那些在括号里填入"打工"或"急躁","亲北"或"单纯"。最近,有一位抱着孩子遗像冲向街头的爸爸,冲着那些对遇难者家属胡说八道的领导阶层说:"请放过我们。"不是救命,不是请求帮助,只是请求放过。对于这个国家的人们来说,仿佛"安好"的马奇诺防线不再是福利、教育、医疗,而是变成了生存。请放过我们。

看

不是"某件事发生"之后听说,而是和船上的人们同时看到。四月份,全体国民都看到了"世越号"的沉没。不是"听说",不是"读到",而是或坐或站着实时"看到"。每天每天,慢慢地,痛苦地"看着"。看晨间新闻,看晚间新闻,看网络新闻。看到没有"一人"成功获救,看到相关人士推卸责任、算计利益的时候,原本浮在水面的船体彻底沉入水底。吃饭的时候看,睡醒了看,工作时看,走路时看。现在仍然在看。也许以后还会继续看到,即使船体腐烂或粉碎,或者被打捞出来,或者彻底消失。

事故发生后第三天,我在家门口的面食店看到两名女中学生凑在一起,用手机看"世越号"新闻。平时用手机点击娱乐新闻、写留言、玩游戏、叽叽喳喳的孩子们默默无语,专心地看着暗淡的消息。孩子看到了我们看到的东西。船上的人无一生还,本该争分夺秒救助生命的时间却用来呼喊权力和图谋利益。让这种"图谋"变成可能的残忍逻辑,孩子们"也"看到了,在有大人的地方,在没有大人的地方。他们知道自己看到的意味着什么。或许他们的理解比我们的猜测更准确。

听

听说他们会"全力以赴",会用尽"最大"的努力,也听到他们"动员所有力量"的承诺。不是一两次,而是反复听了很多次。这种冠冕堂皇的话主要来自"上面"。里面有很多副词、形容词叙述语和抽象名词,却不见时态、动词、主语和固有名词。紧接着听到了"责任"。"恶习""严惩"等词语也相继登场了。一直听到最后,也不知道究竟由谁负责任、负什么责任、怎样负责任。人们清清楚楚听到的不是"对不起",不是"请等待",而是领导层的胡言乱语和狡辩。许多言辞促使遇难者家属走上街头。父母节那天,看到他们高举双臂,像受罚似的举着子女的遗像,我想政府所说的"全力以赴"和"最大"的对象并不是国民。政府是不断下达命令,安抚民心的"嘴巴",而随着时间的流逝,人们强烈渴望的却是权力的"耳朵"。尤其是遇难者的家属。5月8日,他们坐在冰凉的柏油路上,彻夜要求的只是"对话"。那天他们抱着遗像哭泣,说自己不是来打架的,只是想要一句道歉,希望自己的心情能够得到理解。他们抓住挡在自己面前的警察的胳膊哭泣,那些警察低着头,比"世越号"里的学生大四五岁的样子。一整天过去了,他们想要的"对话之路"还是没有打开,始终处于未开放状态。

前不久"未开"的说法引起争议,于是我查看了它的含义。首先出现的是"社会不发达,文化水准低下"的含义,下面还有"未打开"的意思,这是第一层含义。以后当我们对他人的痛苦"不再敞开耳朵""不再敞开心灵"的时候,这种情况就可以称为"未开"。

看

四月底,我去了位于安山的"'世越号'遇难者临时联合焚香所"。我乘坐市政府运营的班车,前往檀园高中附近的奥林匹克纪念馆。映入眼帘的是贴在电线杆上的"加油安山,世界的安山,幸福的人们"的广告语。吊唁客在古栈小学主楼排队,上面用大字写着"共同成长的人品正直好儿童",平时对这种积极向上的话语可能不以为然,然而看到政客们滥用好词好句大放厥词,我曾一度认为他们是"语言掠夺者"。但是在安山,我感觉不是几句话的问题,而是语法本身都遭到了破坏。我看到某个词语指向的对象和意思不一致、混淆,所指和表达之间的约定悲惨地粉碎。

以后当我们看到"大海"的时候,我们的眼里还将盛装大海之外的其他东西。"待在原地别动"这句话永远包含着阴影。每当我们使用特定词语的时候，都会意识到铺在词语之下的黑暗。有人想在笔记本上写下"世越"二字，却换成了时间或人生。4月16日之后，对于有些人来说，"大海"和"旅行"、"国家"和"义务"变成了另外的意思。在一段时间之内，"沉没"和"溺亡"无法成为隐喻或象征。我们无法从我们看到的情景中摆脱出来。我们看到的东西将会代替我们的视觉。"世越号"惨案不会以案子的形式消失，而是像隐形眼镜一样贴在我们的双眼里，变成我们看世界的视角，变成眼睛本身。什么时候"大海"可以成为"大海"本身，"船长"成为"船长"本身，"请相信"变成"值得相信的话"，"正确的话"变成"对的话"，究竟需要多少时间？现在无法预测。

听

2012年冬天，双龙汽车解雇劳动者李昌根一家来到了图书音乐会现场。在等候室里见到他们一家的时候，人们立刻严肃起来。不用刻意解释什么，这些日子他们所受的煎熬如数写在脸上。一家之主忍受众多同事的死亡度过的纪念，妻子苦于生计的纪念，孩子跟随爸爸妈妈去斗争现场的日日夜夜，三段细节似乎不同，其实都不是普通的痛苦，这是显而易见的。图书音乐会第二部分，两位谈到了承受痛苦的过程和意义。

两个多小时的节目结束的时候,主持人提出了最后的问题:

——现在最让你绝望的是什么?

作家们都说了各自能说的话。我有些慌张,还有些惭愧,只是说了些很笼统的话。关于绝望和希望,每个人都说了几句,轮到李昌根先生的妻子李子英女士的时候,她像是独自回到了谁都未曾去过的时节,淡淡地回答:
"最让我绝望的,是说我还需要更努力。"

听了这句话,我有些惊讶。因为这份"惊讶",我意识到自己完全处于她的痛苦之外。我知道世界上有一些痛苦,如果没有亲身经历,任凭怎样努力都无法感同身受。李子英女士说,她不知道该怎样继续努力,也不知道该怎样加油,所以有时感到绝望。我从她的回答中感觉到了荒凉的孤独。当肉体、精神、金钱方面的痛苦看不到尽头的时候,当感觉到自己被独自抛到世间的冷漠和暴力之中的时候,那是只有身处其中才能理解的孤独。

最近我在珍岛前海又看到了相似的场面。那是一个赤脚踩在海水里，蹲着哭泣的背影。从半夜三更沿着漆黑道路走十几公里，从珍岛到青瓦台要求"快点儿救出我们的孩子"的焦急中；从对着波涛滚滚的大海呼喊"对不起，让你生为我这个无能妈妈的孩子"的哭泣声中，我也感觉到了这样的寒意。那是普通人无法揣测、无法想象，也无法表达的巨大的孤独。

无法回答

我能在结束这篇文字的时候不那么炽烈吗？我能在谈论现在的时候不那么冰冷吗？上个月 16 日，在随时可能沉没的船上，一名女高中生似乎在努力甩掉不安，用明朗的嗓音问朋友：

"斜率怎样计算？"

这个玩笑之后，女高中生再也没能回到这个地方。最近我常常觉得，这句话就像年轻学生最后抛给我们的问题，也是留给我们的课题。这种倾斜该怎么办呢？摧毁所有价值和信赖的悬崖，利益总是向上，危险和责任总是留给下面，这样陡峭危险的斜率应该怎样解答？

在过去的一个月里，我们看到听到的太多了。如果不看，可能会错过。错过就可能受骗。尽量看到所有，努力记住是谁以怎样的方式在说话。现在珍岛上溢满了"事实",但是"真相"似乎还没有完全暴露出来。这些日子,我坐在毁掉的语法堆上,与语言的无力和无意义作战。没有哪句话可以到达海底,没有哪句话可以昂首挺立。在这种情况下,我连一句可以让自己理解的话都找不到。我又不能袖手旁观。想起两年前的李子英女士,我终于发现,如果我们不能彻底进入他人的内心,那么我们首先应该做的或许是站在外围。哪怕有时会两腿摇晃,面红耳赤,但还是应该先站出来。所谓"理解",并不是进入他人内心,与其内心相遇,看清他的灵魂,而是站在他人身体之外,谦虚地承认自己的无知,猛烈地感知其中的差异。然后渐渐地缩小"外围幅度",把"外面"变成"侧面"。而这种理解、倾听和共情就是我们解答这胆战心惊的斜率应该做的事。那些制定制度,又将其撕碎的人们首先要做的也应该是这件事,而不是监视和惩罚,不是操控和回避。那是我们"听"别人说话,这已经超越了被动行为,是需要勇气和努力的。不过我们不能因为自己经常看到、听到、接触到而草率地说自己"了解"别人,要把对别人的痛苦产生共鸣和眼睁睁看着他人的不幸区分开来,把握手和掠夺区分开来。

上个月去临时焚香所的时候,我在古栈小学等了两个多小时参加吊唁。操场上有那么多人,几乎没有人喧哗。只有孩子们在说话。他们在大人制造出来的圆圈之外荡秋千，堆沙滩城堡。听着孩子们的喊声、笑声，感觉一切都像来自前世。那个瞬间，我意识到身穿素服的我在陌生的城市里产生的最强烈情绪是"生命的鲜活"。即使想要躲进悲伤，即使想要遮蔽于幻灭，最终还是如气味般暴露出来。这就是"我们活着的事实"具有的"无可奈何的鲜明"。在焚香所等待的时间长了，跟随父母来的几个孩子坐在地上说腿疼。大学生模样的青年在风沙中捂着嘴巴，阅读期中考试的教材。一个女孩子手里拿着镶满银色金属亮片的包，看上去就像一名小学生，很可爱。躺在妈妈怀里酣睡，一副什么也不知道的样子，这种孩童的无知天真得令人感动。来这里的人都是好不容易抽出时间，以自己的方式向故人表达哀悼之情。直到这时我才明白，我不仅仅想要安慰牺牲者的灵魂，也想与有着同样感情、同样悲伤的同时代人站在一起。聚集在那里的人们，他们的愤怒和埋怨、无力和绝望、内疚和悲伤，归根结底也是属于活人的。但是在那个瞬间，最让我心痛的却是死者带不走任何一样。即使在生者感受到的简陋的情绪目录里，也没有什么是他们可以拥有的。这个简单的事实令我心痛。

谨为"世越号"惨案的遇难者祈祷。

2014

知道的故事，不知道的歌

前不久我看了 EBS 播放的《西便制》。上映二十多年的电影了，我在家里第一次看。晚上十一点左右，我斜靠着看电视，无意中被六十年代歌者的故事吸引，心情渐渐变得复杂。尽管这个故事我早就知道了，也知道结局。并不是因为什么东西消失的事实，而是因为消失的方式。看到失明的松华进入荒野山村，每天练习《沈清歌》的场面，我发出一声轻轻的叹息。没有人听，也没有人要求，只是自己想要达到某个水准，并且不肯放弃，这样的姿态令人心痛。此情此景或许让我看到了文学的未来。

算起来我也学过盘索里。在很短的时间里，短得不好意思说自己学过，我练习咧嘴清唱。那是 1999 年，我二十岁的时候。场所当然是草地，在周围都是淡绿色、郁郁葱葱的校园里，我学习《沈清歌》

的段落。沈清的爸爸沈学圭受邀去王宫赴宴，离开家乡的场面。那年我在首尔市城北区石串洞的表演学校学习。那所学校开办时间不长，设施不够完善，学生人数也不多。谁看了校园之后都会疑惑，"这就是全部吗？"一栋建在小山丘上的三层灰色建筑，就是那所学校。当时，大部分的出租车司机都不知道这里。"我要去艺术学校。"司机肯定会反问，"去哪里？"要说"去原安企部大楼"，才能听到"啊，好的"。随之而来的是尴尬的沉默。通过后视镜短暂的一瞥，直到现在我仍然记得。我还记得司机听到"安企部"之后自动僵硬的表情和奇妙的气氛。每次上坡我都会忐忑不安，学校周围怎么一个人影都没有，会不会是我记错了上课时间？到了午餐时间，我又一次感到惊讶，这么多的人之前都去哪里了？后来我听说，这栋建筑物的设计初衷就是为了尽可能减少人与人之间的接触。

即便这样，我们还是相遇了。尽管空间设计得如同迷宫，我们还是不可避免地相遇了。有的认识，有的不认识，我们怀着对其他专业者的好奇和憧憬擦肩而过。现在连名字都记不起来的盘索里老师应该也是其中的某一位。她是一名歌者，明明和我同龄，不知为什么，她似乎读懂了人生，浑身上下透出饱经风霜的气息。对于这位洒脱、友善的传统艺术院前辈，我忘了当时是叫她姐姐，还是叫老师。直到现在仍然清楚记得的只有我张开嘴巴发出声音时蜷缩的自我和羞涩。除了我,还有三名上课的学生,都是编剧系的学生。我们每隔几天来一次,坐在旗杆下的草地上学习《沈清歌》。老师唱一句,大家跟着唱一句。老师再唱一句,大家再跟着模仿。桃花洞,再见;武陵村,再见。老师用手掌使劲拍打膝盖打拍子,我们也紧跟着节奏。老师抬起手指,高高指着"桃花洞"的"花",大声喊出"桃——花!"我们也提高嗓音,"桃——花!"然后继续下面的歌词。全世界最长的歌曲之一,盘索里的世界宛如散开的卷纸长长地展开,滚啊滚,豁然停在几百年后的人,也就是我的面前。

"如今你要离开,哪年哪月再回来。啊,走吧,啊,走吧,王城千里,啊,走吧……"

这个社团什么时候结束,又是怎样结束,我不得而知。好像要推翻新年的决心,好像放弃运动,放弃英语辅导班,大家陆陆续续不再去草地上学习,或许就这样悄无声息地结束了吧。我在几名学生中跑调尤其严重,没等沈瞎子到达王城,我就放弃了盘索里。后来我忘记了自己曾经学过盘索里这件事。几年后我写了一篇短篇小说,投了稿,从前的安企部建筑被拆除,消失得无影无踪。这已经是十年前的事了。

最近有位歌者联系到我，想要把我的一篇短篇小说改编成盘索里，而她选择的作品竟然是我的处女作。当时我就想，"人生真是奇妙。"我曾把刊登那篇小说的杂志寄给和我一起学习盘索里的同学，当时她在国外留学。我有种莫名其妙的感觉，感觉当时寄出的箱子兜兜转转又回到了我的手中。我爽快地给那位歌者回信，然后度过了忙碌不堪的日子，把手头的稿子完成。在构思小说、无法专注的时候，我无意间在网上听到了"那首歌"。

出于礼貌，我搜索各种资料，查找将要和我见面的歌者的信息。很快我就知道了，原本在生态保护区域里长期受到保护的盘索里，最近在年轻国乐人的努力下以时尚而知性的方式重新打造出来。我们的盘索里把光照向自生之路，而且来听这种演出的观众还很多。当我得知这点的时候，心里很感动。我意识到自己对生态系统里某个种属的命运如此懒惰和安逸，这让我感到羞愧。盘索里的生命力也是歌曲和故事的生命力。我兴致勃勃地看着相关报道，点开了浮在笔记本电脑屏幕上的视频。那是 KBS 在 2009 年制作的教育节目。主持人询问她身为歌者的苦恼，她这样回答：

我想要的是"唱你的哪首哪首歌"，而不是"唱哪首歌，随便谁唱都可以"。我希望邀请我的人只想听到我的歌。简单说吧，《沈清歌》中"睁眼部分"都是一样的，所有的歌者都学过这个部分。如果有人说，"歌者是谁没有关系，我只需要那个部分"，那么我不想接受这样的出演邀请。如果有人说"我只需要李子兰演唱的《沈清歌》的'睁眼部分'"，那么我想去这样的地方演唱这个部分。小时候，当我因为不知道自己想要什么而痛苦的时候，我曾经想过，我是在供应自己的身体吗？我是在供应自己的声音吗？我是不是在这里砌城的一块砖？那时我读到一首诗，天啊，简直就是我的故事。

后来，她开始朗读自己带来的书。

我点开的第二段视频是音乐剧《西便制》里的《沈清歌》。前面的节目中提到过，所以特意找来看。正如字面所说，那是沈瞎子重见光明的场面，因为是高潮部分，同时也是喜剧结局，因此受到所有人的喜爱。视频总长度不到十分钟，我毫无压力地点了播放。像沈瞎子一样有气无力蹲在地上的女歌者凝视天空，念着独白。从瘦小身体里发出的长长声音通过她的喉结，虔诚地扩散到四面八方。时进时退，时松时缓，牢牢地抓着听众的心，尽管故事和歌曲都早已熟知。某个瞬间，当我和某句歌词碰撞之后，我的身体变得僵硬了。

看看沈皇后的举动。她欲言又止，掀开珊瑚珠帘，快跑到爸爸面前——
——天啊，父亲！
沈瞎子听了这话——
——父亲，谁叫我父亲？这是怎么回事，谁在叫我父亲？我没有儿子也没有女儿。我的独生女儿落水而死已经三年了。你是谁，为什么叫我父亲？

我不经意地听着歌，头埋在书桌上。这首歌并不是这种类型，也没有人告诉我用这样的方式听这个部分，我却在不知不觉中泪流满面。某个词语让我的身体首先做出反应。直到这时，我才发现我体内的某些东西已经变了，在某个时间点之后彻底变了。我才明白，从很久以前开始唱，唱了几百次的歌曲对于同时代的某个人来说，却可能成为截然不同的故事。那个众所周知的故事……我们真的知道什么，又不知道什么？

春天，又是春天了。用沈瞎子的话说，我们共迎来三个春天。

生活很奇妙。

几年前参加教育节目的李子兰，从布莱希特的《幸存者的悲伤》中挑选了一首诗来朗读。最近读的《沈清歌》①的歌词里，沈清上船的日子是4月15日。生活很奇妙。不让这种奇妙变成暗示或必然，这也是我们需要遵守的重要礼节。十几年前在原安企部建筑门前，顶着烈日跟随老师唱"桃花洞啊"的我，现在却感觉那么生硬。众所周知，安企部是国政院的前身。几年前我们亲手选出虚假的伟人以及他的助手。我们忘了是谁付出什么费用创造我们的历史，错误的账单四处飞扬。这里我不想再多说什么，我就再一次朗诵2009年一名歌者在节目中朗诵过的诗，跟唱外国作家创作于1935年的歌曲，作为这篇文字的结束。"那么多的史料，那么多的疑问。"

一个工人读书时产生的疑问②

[德] 贝尔托特·布莱希特

是谁建造了那座有七个城门的底比斯？

书本上列出的只有国王们的名字。

---

① 郑炳宪编，《轻松解读盘索里12场》，民俗院出版社，2011年。——原注
② 引自贝尔托特·布莱希特《幸存者的悲哀》，金光圭译，韩院出版社，1999年。——原注

难道国王们亲自动手搬石运砖?

还有那座多次被摧毁的巴比伦城,

又是谁一次次将它重建?

金碧辉煌的利马城里,

建筑工人住的是什么样的房子?

万里长城竣工的夜晚,

泥水匠们去了哪里?

伟大的罗马城,凯旋门很多很多。

是谁修建了它们?

那些罗马皇帝们胜利而归

是战胜了谁?

被世人称颂的拜占庭,

是为它的居民们建的宫殿?

即使是在传说中的亚特兰蒂斯

大海吞没土地的那个夜里,

沉溺的人们也在咆哮着呼喊奴隶。

年轻的亚历山大征服印度。

就凭他一个人吗?

凯撒打败了高卢人,

他至少要带个炊事兵在身边吧?

西班牙的腓力二世因为舰队沉没而哭泣,

难道除了他,就没有别的人哭吗?

腓特烈二世在七年战争中获胜。

除了他,难道不是还有其他人也一起获胜吗?

历史的每一页篇章都有胜利。

由谁来安排庆功的盛宴?

每十年出现一位伟大的人物。

由谁来为此付出代价?

那么多的史料,

那么多的疑问。

2016

光与债

每次听到"传统"这个字眼,我首先会想到死人。他们给我的和没有给我的,以及在不知道的情况下留给我们的东西。还有我得到的和不想得到的,以及在不知道的情况下得到的东西。

陈旧的东西大都会越来越小,渐渐消失于黑暗,唯独想起老故事的时候,却会联想到光,不知道是什么原因。也许是因为老故事里的某道光突然改变叙事的温度,照亮某个人的陌生面孔时,我身体里的紧张就像感光胶片一样保留下来。抑或是因为故事诞生的地方常常有光,火存在的地方常常有口和耳。

虽然我的经验和智慧远远不够,但是我通过书籍遇到了各种各样的光。有照亮深海的探照灯,也有凭借信念燃烧的火把。从远古时代

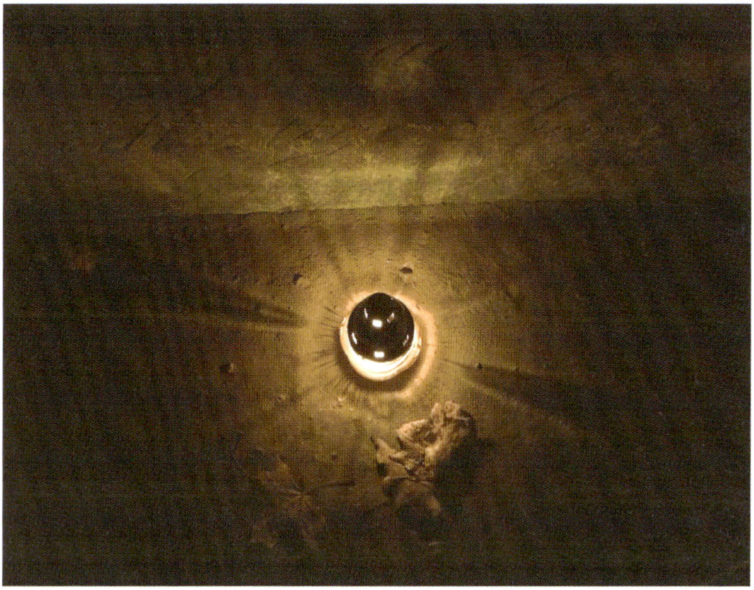

"亡灵日",
一支放在波兰波瓦斯基公墓的蜡烛。

做饭的火到枪口上的火花,遇难者的星光,以及被我们称为"鬼火"的无法理解的蓝色物质。

有的火直到现在仍然会唤起我的原始恐惧,李清俊①的中篇小说《谣言墙》中的手电筒就是这样。半夜三更突然打开房门,进来便问"你站在哪边"的火。答案决定生死,可是看不到对方的真面目,一家人惊呆的样子浮现在我的眼前。对我来说,刺眼的追问或暴力感觉就像韩国现代史上重要的场面,延续到今天的很多矛盾内部依然闪烁着这样的火光。

我也记得和我不同时代的作家写过的稍有不同的光。几年前,我在报纸上看到一篇专栏文章,引用了茨木则子②的诗《我最漂亮的时候》中的重复句,像轮唱一样,我也很喜欢。

在我最漂亮的时候,我喜欢上了黑暗夜里的白色轮廓。③

---

① 李清俊(1939—2008),韩国小说家,代表作有《西便制》《离於岛》《残忍的都市》《你们的天国》等。
② 茨木则子(1926—2006),日本诗人,著有诗集《对话》《看不见的投递员》《镇魂歌》等。
③ 引自柳炯镇《我在最漂亮的时候吃了香蕉派》(《彼得兔狙击事件》),兰登书屋中央出版社,2005年。——原注

小小的孩子蹲在黑暗的房间里，欣赏从门缝渗透进来的光的轮廓。孩子的心深如井水。那里将会聚集很多东西，成为永不干涸的泉水。然后就可以写作了。①

深夜坐在电脑前，偶尔我会感觉那道门似乎和我的窗户相连。想象着有人正在黑暗中制造出明亮的四边形剪影，立刻就安心了。除了蹲在门前的孩子，世界上还有很多作家教我把黑暗变成剧场。

关于光，我还想起一件事。去年十一月，我去了波兰华沙的波瓦斯基公墓。11月1日是"亡灵节"，人们在那里点燃蜡烛，通过那些光描绘连接其他世界的门，描绘时间的轮廓。直到现在，我还是会依赖于最现代的机器，望着掌心上的 GPS 发出的光，想起自己走进异国公墓的身影。到达之前迷路时，几位活人让我产生违和感，而刚到墓地，立刻就会产生巨大的安心感。因为是墓地，不仅有活人，更多的是亡者。最多的是"点燃蜡烛的心"，这让我感觉安心。望着在漆黑的华沙夜

---

① 引自尹成姬《黑暗房间里的白色轮廓》，《京乡新闻》，2010年5月9日。——原注

空下静静闪烁的几千支蜡烛,我在心里自言自语:

——我们国家也有相似的传统。

我在墓地门口买了三支蜡烛,分别留在不同的地方,然后就离开了。一支献给肖邦一家,一支献给卡廷森林大屠杀的遇难者们,最后一支献给"我不认识的人们"。

几天后,我离开波兰那天,华沙市内举行大规模示威。十万多人聚集在一起,手举火把游行,呼喊着"欧洲属于白人"。看着照片上的烟雾和火焰,我心生恐惧和凄凉。那一刻,我情不自禁地念出了在波兰公墓时说过的话:

——我们国家也有相似的传统。

"排斥和蔑视,侮辱和杀戮的传统。这不仅存在于历史和制度之中,也存在于我的血液里。为了不忘记自己身上存在这些东西,我经常看书。正因为这样,人类需要另一种火,我想要以不同于其他媒体告诉我们的方式去了解。"

关于"光",我还要介绍最后一段故事。几年前,某位韩国作家在德国举行出版纪念会。介绍有关韩国的近代和分裂的小说[1]时,德

---

[1] 黄皙暎,《客人》,创作与批评出版社,2001年。——原注

国记者向作家提出这样的问题：

——您究竟站在哪一边？右边？还是左边？

作家思索片刻，回答道：

——我站在死者一边。

如果文学有传统的话，如果还有需要我们延续的传统，我想那不会是单纯的素材或形式，而是对人和世界的态度或心情。我们试图纪念亡者，安葬亡者，其实都意味着对生命的珍重。所以在我听来，"我站在死者一边"说的似乎就是我们文学痛苦而宝贵的遗产和传统。尽管文学不一定非要这样，完全可以不必这样。作为作家，即使不一定写时代题材，至少也曾在手电筒的光芒前停留过，或者将会停留。作为一个人，我爱处于生与死之间的光的轮廓。

2018

容易忘记的名字

——短篇《水中的歌利亚》作家笔记

笔记 1

这篇短篇发表一年了。

那时我把一位少年放在龙门吊上,就这样脱离了小说。

可是他要留下来。

现在仍然在那里。

完成一篇小说,里面的人物就离开了我。

不会对我说要走,也没有说再见,就这样走了。

这位少年却没有这样做。

或者说,他无法这样做。

大概是没有地方可去吧……我这样猜测。

那就让他继续留在身边吧，我这样决定。

这样想来，其实我们之间从来就没有"寒暄"。

笔记2

莫名地想起"申爱"。

申爱是收录在《侏儒射向天空的小球》中的短篇《刀刃》里的主人公，一个家庭主妇的名字。

很久以前，某杂志问我"最喜欢的小说人物"是谁，我提到过她的名字。

然后我就忘记了自己曾经做过这样的回答。

的确是个容易忘记的名字。

笔记3

最近日本发生了大地震。

通过图像，通过文字传出各种消息。

或许真正的"恐怖"是我们无法想象的事情。

但是，令我吃惊的是另一件事。

我吃惊于"善"。

仿佛以前从来不知道这东西存在。

我的吃惊,又让我吃惊了一次。

坚持播完避难通知,最后被波涛卷走的二十五岁洞事务所女孩。

听到大人说"弄成这个样子,很抱歉",孩子们微笑着说"长大后我们会改变这一切"。

漫画家井上雄彦的连载作品《微笑》。

泰国、海地、小鹿岛以及各个国家发来的鼓励,

以及怀抱新生儿哭泣的爸爸。

这几天令我震撼的不是灾难,

而是在废墟中

不时绽放的人性风景。

奇怪的人们……

别人痛时,自己也感到疼痛的奇怪的人们……

那片新绿太浓太浓,我哭了。

笔记4

《水中的歌利亚》的最后一幕,天空中升起半月。

这个，或者那个。

我不知道自己宣布站在那边是否妥当。

作为作家，我有想要小心翼翼讲述的故事，宁愿冒着失礼的风险。

这是我把少年独自留在那里的原因。

比起少年变得幸福，这个结局更为现实，我这样相信。

此时此刻，眼睁睁看着发生在面前的事情，

看着在灾难面前努力微笑、拉着同胞的手、

为后代考虑的人们，

我开始思考。"现实"到底是什么，"变得更好"又是什么？

笔记5

对。

真正的恐怖是无法想象的。

我们现在最需要的，或者说缺少的，

或许并不是对恐怖的想象力，而是对善的想象力。

文学能做的善事之一，

我想大概就是在他人脸上注入表情和温度。

所谓"希望",或许不是纯真者的发明,而是勇敢者的发明。

笔记6

我想起两个水声。

窗外长长的梅雨声和家里自来水的声音。

还有许多轻弱、不值一提,却又分明存在的声音。

很久以前我选择申爱作为"喜欢的小说人物",原因是这样的:

我可以把她说成是什么样的人物呢?申爱是"蹲着"的女人。深夜蜷缩在水龙头前,急切地等待水滴下来的女人,相信侏儒的女人……(略)……水管里发出咕噜咕噜的声音,接着哗啦哗啦自来水落下的时候,我记得自己也跟着放心了……如果有人问我为什么喜欢申爱,我想这样回答,因为她现在就蹲在那里。

这几天我独自在房间里的时候,眼前总是浮现出申爱蜷缩的背影。

坦率地说,我有点儿害怕申爱。

现在我想到她身边,和她并肩而坐。

看着她专注的侧脸,我想小声问她:

你，到底，在那里，

那么认真地看什么？

世界上不存在容易忘记的名字。

2011

作家的话

很长时间之后，我重新阅读以前的稿子，修改、抛弃，
然后想起了"名字"这个词语。

和我擦肩而过的人的名字，
风景的名字，事件的名字。

我依然不知道某些名字，
经常对生活产生误解。
我想呼唤
最后却叫错，这样的名字也不在少数。

本书收纳了我的一段时光、我的无能、我的心，
以及我在呼唤某个人的名字时难得遇到的夺目瞬间。

我想长久地记住那些名字和时光，于是写在这里。

我要向已经成为那些名字

或者将要成为那些名字的人
还有没能全部写在这里的名字
以及我亲爱的家人和朋友
表达我的感激之情。

金爱烂
2019 年夏